SHIWAN BENSHU DE MOLI

十万本书的魔力

胡立阳◎著

100,000

经济日报出版社

图书在版编目（CIP）数据

十万本书的魔力 / 胡立阳著 . -- 北京 : 经济日报出版社 , 2021.9
ISBN 978-7-5196-0934-4

Ⅰ . ①十… Ⅱ . ①胡… Ⅲ . ①自传体小说－中国－当代 Ⅳ . ① I247.5

中国版本图书馆 CIP 数据核字 (2021) 第 192044 号

十万本书的魔力

作　　者	胡立阳
责任编辑	宋潇旸
助理编辑	陈礼滟
责任校对	李艳春　林　珏
出版发行	经济日报出版社
地　　址	北京市西城区白纸坊东街 2 号 A 座综合楼 710（邮政编码 :100054）
电　　话	010-63567684（总编室）
	010-63584556（财经编辑部）
	010-63567687（企业与企业家史编辑部）
	010-63567683（经济与管理学术编辑部）
	010-63538621 63567692（发行部）
网　　址	www.edpbook.com.cn
E - mail	edpbook@126.com
经　　销	全国新华书店
印　　刷	北京荣泰印刷有限公司
开　　本	880mm ×1230mm　1/32
印　　张	5.25
字　　数	90 千字
版　　次	2021 年 10 月第 1 版
印　　次	2021 年 10 月第 1 次印刷
书　　号	ISBN 978-7-5196-0934-4
定　　价	49.00 元

自序

Joy是否真有其人？

过去，我常常应邀到全球各地为年轻人指点迷津。演讲厅总是挤得水泄不通，显然大家都很喜欢听我说“十万本书的魔力”故事。

尤其是在美国和东南亚，都陆续有影剧界人士，对我“从口袋中只剩下27美元，到短短时间内竟然戏剧性地在华尔街发光发热”的奇遇极力感兴趣。

他们认为，我的求学、求职以及随后的工作经历，绝对是个传奇。因此，不断洽询是否能将演讲内容改编成电影或连续剧。

直到最近，我已经答应听众，选择出书，而他们却仍锲而不舍地想知道，Joy 是否真有其人？ 因为她实在是太可爱了！

我要说，若不是因为Joy，我不会在华尔街事业如日中天之时，转而当个老师，全心投入教育！

你们一定没有想到，当初家人听完我的决定，个个愣在那边，母亲更是急得哭了出来。由于我在追寻人生目标时，确实有点叛逆，因此越多人不以为然甚至反对，都只会越激起我勇敢去挑战的欲望，做出大多数人认为根本不可能的惊人之举。

如今，家人们看到我每每在讲座中，全心全力地为年轻朋友们在读书、工作、理财的过程中遇到的问题提供建议，解除困惑，并助力大家迈向成功之途。终于，他们都为我感到高兴，也引以为荣了！ 最后，我想再一次强调，要在茫茫人海中出人头地，你必须“赢在与众不同”——我是认真的！

前言

好的，在开始说故事之前，先将 Joy 赐予我的 8 个“新思维”，一次性地送给全世界的年轻人，以及所有在生涯规划中彷徨无助的朋友！

年轻人出人头地的 8 个“新思维”

---

① 不要只听“周遭朋友”的话，平凡的建议只会让你成为“普通的人”。

② 不要只知道“用功读书”，更重要的是“读对了书”，便能发挥“蜜蜂效应”，采集知识，传播予人。

③ 不要只知道“努力工作”，更重要的是“选对工作”，要成为工作中那颗最重要的螺丝钉。

④ 不要只结交“志趣相投”的朋友，否则你永远只能看到“一半”的世界。

⑤ 不要以为你“没有天赋”，要先搞清楚自己是“哪一类的猿猴”演变中来的。

⑥ 不要以为机会只留给“准备好”的人，它会先送给“去找它”的人。

⑦ 不要以为“钱”不会从天上掉下来，只是你必须“站对地方”接。

⑧ 不要只懂“正面思考”，也要学会“逆向思考”，“不正常”的人才能脱颖而出！

至于，要如何去做到呢？

我很确定，你会一口气看完故事，当然，你就会立即得到所有的答案了！

目录

第三幕 —— 105

尾 声 —— 155

十万本书的魔力

Opening

揭开序幕

1 一个名叫Joy的小女生

20世纪80年代末，一场盛大的国际演讲会正在亚洲举行，只能容纳3000人的演讲厅却挤进了上万人，远远超过场地的负荷。主办单位为了安全起见，紧急决定先疏散楼上的人潮。就在这时候，二楼的楼板，可能开始裂缝，发出一声巨响，吓坏了每一个人，演讲会因此延后了一个半小时。

那天的演讲题目是：《知识让你更有魅力》

演讲者是：Leon！

他在世界各地演讲，指点年轻人如何由“多看书”来出人头地，总是盛况空前，楼上、楼下挤得水泄不通，连演讲台上都挤满了人。更惊人地创下3年超过1000场的演讲记录。

听众对于他——只因为受到一位大学女同学要他多看书

的启发——短短时间内竟然戏剧性地在华尔街发光发热的励志故事特别感兴趣。

Leon对这位女同学怀着最崇高的敬意，因此，在演讲会中，真正受到热烈欢迎的，其实是——她！一个名叫Joy的小女生。

为什么呢？

故事应该回溯到20世纪70年代。

十万本书的魔力

Part 1

第一幕

2 对他而言，一切的奇迹，都是在图书馆内展开的

圣诞节前两天的下午，学校中偌大的图书馆，冷清清的，只有Leon一个人坐在图书馆的正中央，愁眉苦脸地发着呆。

才一转眼，来到美国求学已经半年了，他不顾所有人的反对，决定由原先只要再读一年便可拿到学位的工科转到商科，重新从大学一年级读起，已经一个学期了，却从来没有踏进图书馆一步。Leon到现在才发现，这里真的是个可以静下心来好好看书的地方。

跟其他的留学生比较起来，他的运气算是不错的。一个学期下来，跟班上5位同样来自亚洲各地以及一位美国同学一起上课、吃饭，嘻嘻哈哈地玩在了一起，大家都称他们为“Lucky 7”！但现在他可落单了，这是怎么一回事？

唉！只能怪约翰了！

故事中的同学们——登场亮相了

约翰自幼便移民美国，父亲来自韩国，经营餐饮连锁事业，颇为成功。约翰既聪明功课又好，确实令大伙佩服，自然成为领导型人物。因此，他每次讲话都是以“大家听我说……”为开头，这次也不例外，说什么“学校既然放假三周，干脆大家一起去巴黎度个圣诞假期，回来以后都会变得很浪漫喔……呵呵呵！”他话中常会加上一些揶揄别人或是自以为幽默的冷笑话，最后自我解嘲地以干笑三声作为结尾。

听完提议，除了那位在旧金山出生，但一直生活在东岸的美国金发帅哥奥斯汀说是要考虑一下之外，新加坡的富商之女萝拉、吉隆坡来的Steve、东京百货业大亨的独生女娜欧米，以及来自中国香港的珍妮全都欢呼赞成！

但这可刺到了Leon的痛处，因为他已经开始在为如何筹措半年之后的学费担心了，哪有余钱去参加这种奢华之旅？

赴美的时候，只是个清寒公务员的父亲，以略带颤抖的双手，小心翼翼地捧着一个信封，交给了他，里面整整齐齐地装着2000美金，说这是他老人家多年的积蓄，以后不可能再有了。

而2000美金，顶多只够缴两个学期的学费。

此时此刻，面子最重要，Leon于是编了一个很“蹩脚”的缺席理由：“脚踝扭伤了没办法去哦！”走路时，还需要表演蹩脚，一拐一拐的，好痛苦！

想不到约翰还补上更让他伤心的一句：“你不去将来一定会遗憾，因为巴黎又称为爱情之都呢，呵呵呵！”

不要说将来了，现在都已经既遗憾又担心了！

他和约翰同时在追求那个来自香港的校园美女珍妮。

珍妮有一头柔顺光亮的秀发，大大的眼睛，白皙的皮肤，低调优雅，总是能吸引学校同学们的目光。父亲白手起家，埋头苦干，终于成为香港电子业大亨，事业版图已经横跨全球。珍妮也极为尊重父亲，父亲的话对她而言就是圣旨，因此，每次谈话总是以：“我爸爸说……”为开头，而以“努力工作才会成功”为结尾。任何人只要不服，她都会噘嘴力辩，是个外柔内刚的女孩。

在Leon出现之前，大家都认为约翰与珍妮是门当户对的一对，约翰爸爸还曾经带着儿子飞到了香港，只为了跟珍妮爸爸见个面。

约翰认为，如果能追到珍妮，就等于是挖到了金矿，因此常常大献殷勤地请珍妮吃牛排大餐，但是口袋扁扁的Leon只能请珍妮在麦当劳吃汉堡。Leon自认已经输给约翰一大截，现在一切大概都完了。如果……如果……他们两人在浪漫的巴黎街头手牵着手……天啊！他真的不敢再想下去。

Leon当天红着眼眶在机场目送他们“远走高飞”。

3 天赐奇缘，才能与Joy相遇

一人独处的假期漫长难熬，不得已才会想到来图书馆闲逛，没想到圣诞假期，校园中学生寥寥无几，也没一个像他那样垂头丧气的。

“先生您好，今天我们会提早关门喔！你还剩下两个钟头的时间看书了。”

原本空荡荡的图书馆大厅，背后一个看起来瘦瘦小小的女生突然这么对他说，Leon吓了一大跳！

带着浅浅笑容的她，是来自菲律宾的Joy，父亲是华裔，她能简单地说一些中文，并且能阅读一些简单的中文书籍，目前在学校读哲学系，大四，已长期在图书馆打工，担任管理员。Joy接着又很热心地问有什么需要帮助的？

Leon顿时感到暖意，于是将自己被“困”在图书馆中的牢骚一五一十地跟Joy倾倒了。

没想到Joy毫不带同情地说："你不应该骗他们的，贫穷并不可耻，我跟你一样，都是穷学生，但我们用不着去妒忌别人……其实，嗯……你一样可以在图书馆中畅游巴黎啊！"

"哈哈，你还真幽默！"Leon忍不住想笑。

"我是说真的！"Joy突然认真起来："你们不是有一句俗话说'秀才不出门，能知天下事吗'？你可以把介绍巴黎的书通通找出来，只要花个两三天的时间，甚至能说出闹区中重要的街名，好吃的餐厅。等你的同学回来以后，一定大吃一惊！"接着又说："我自己看过有关巴黎的书就有十几本，明天会为你准备好，让你好比身历其境地游玩一趟巴黎，如何?"

"真会开玩笑！"Leon内心这么想。

将图书馆变成电影院——徜徉在书中的美丽巴黎

第二天接近中午的时候，他想到了Joy，于是又去了图书馆。图书馆中除了Joy，只有两三个学生。

Joy捧着15本有关于巴黎的书走过来说："你看完之后，肯定就会有奇迹出现！"

“光看这几本书就可以代替游玩巴黎?”Leon 觉得Joy很会安慰人。

才开始阅读，不但看不下去，还昏昏欲睡，看书哪里比得上看电影?

Joy又走过来说:“你看起来心浮气躁，真的不懂得怎么看书！首先，你必须完全静下心来，想象自己身处于巴黎的市中心，才能感同身受地融入书中境界。看任何书都是一样，先融会后贯通!”

“就像欣赏梵·高的画一样，你一定要试着去了解这位悲情画家想跟你倾诉些什么？只要加点想象力，全心地投入，自然就能领悟到当时的情境。”

Leon觉得她的建议有些道理，便想象自己正走在巴黎街头，然后借着书中的图画以及文字一步一步地神游花都。

刚开始，一颗心还是静不下。但等看到第二本的时候，眼前似乎浮现出立体动画。后来两天，不但看得快，还能记得一些有趣的事物。四天下来，图书馆变成了电影院，终于能在书中畅游巴黎了。

日读三本书，胜行千里路

一个星期之后，五个人快快乐乐地远游归来。

不出所料，约翰率先炫耀：“ Leon，我们在卢浮宫看到了《蒙娜丽莎》，可惜哦，呵呵呵！”接着娜欧米也得意扬扬地说：“若不能亲眼看见巴黎铁塔，根本是枉费此生！”然后，他们带着一种同情的目光看着Leon。

Leon心平气和地问：“文艺复兴时期，达·芬奇是发迹于意大利佛罗伦萨的艺术大师，怎么他的这幅画今天会珍藏在巴黎卢浮宫，变成了镇馆之宝?”

只见他们你看我、我看你，没有一个人知道达·芬奇与法国国王弗朗西斯一世之间的深厚友谊，更别说传说中的《蒙娜丽莎》的一些神秘背景。

16世纪初期，达·芬奇应弗朗西斯国王之邀，来到法国工作，这幅画是他当时随身携带着的宝贝之一。在达·芬奇过世之后，《蒙娜丽莎》也留给了国王。它曾经被保存在枫丹白露宫、凡尔赛宫，后来在法国大革命之后，暂时转存卢浮宫。其后又因为战乱，待过兵工厂、城堡、修道院，还有博物馆呢！

“其实，”Leon语带权威地说：“这幅画迷人之处不仅仅是画中人物浅浅的微笑，同时还有她那神秘的眼神，无论从哪一个角度看，她都在盯着你呢！”

“至于埃菲尔铁塔，”Leon深深吸了一口气之后说：“全球公认，它是近百年来最伟大的建筑物之一，但回想过去，真是很讽刺……”

娜欧米等不及地插嘴问：“你连看都没有看过，又要来考我们了？”

Leon虽未能亲临参观，但几天前Joy才谈到，由兴建铁塔的故事中，带给了她一些启示，于是笑着说：“这一次不是考试了，只是分享一些感想……”

Leon才一开口，就被萝拉急着喊停，她说：“又来了，什么感想啊？我赞成娜欧米说的，你应该先看看Steve从各个角度所拍摄的照片，埃菲尔铁塔的雄伟，只有像我们几个身临其境的人才能体会！”Leon本来想回复他早已在书中看过上百张铁塔的照片。但此时，他脑海中闪过，Joy在图书馆中不止一次地对他说：“到世界各地旅游，是许多人的梦想，但可惜大多数人都只用‘眼’去欣赏美景，却没花时间用‘心’去体会和了解当地的风土民情以及文化背景，这些，眼睛虽看不到但书中全有。”

他继续说：“初筑铁塔时，太多的艺术家、建筑师以及唯美派的文学家们一致声讨，认为埃菲尔铁塔即将成为一个既危险又丑陋的钢铁怪物，强烈要求停建。但具备‘前瞻思维’的建筑师埃菲尔，遇上挑战，没有退缩，反而奋勇直前。终于，由‘最丑’变成‘最美’，一座举世闻名的巴黎地标诞生了！所以同样的，在生活中，我们要随时警惕，不要被别人带有偏见的主观意识轻易改变了自己求新、求变的心！”

大伙儿听完显然对“大道理”不感兴趣，一哄而散。

Leon本以为自己喜欢的珍妮会因为他的“学识丰富”而刮目相看，但当她发现Leon只不过是看了几本旅游的书，反而面带怜悯地嘟起嘴、摇摇头！

无论如何，Leon回想起，过去五天只看了15本书，就有比他们多的收货，他得出一个结论：日读三本书，胜行千里路！

4 不要以为“钱”不会从天上掉下来，只是你必须“站对地方”接

现在，钱不够付学费的现实问题真的来了。

Joy家境清寒但成绩极为优秀，是公费留学生。她建议Leon应该立刻向学校申请奖学金。

“有这么简单?”

Joy不解地问：“你试过了吗?”

别说没有试过，他从没想过。于是又去请教其他的同学。

“什么？你想要申请奖学金?”一向憋不住话的约翰抢着说：“你听我说！别做你的大头梦了，世界上哪有这么好的事？你看，那么多留学生都在加油站打工，在中国餐厅端盘子、洗碗，如果轻轻松松地就能申请到奖学金，那他们还需要这么辛苦吗？你啊……呵呵呵……”

珍妮也认为，想不劳而获只会徒劳无功：“快去找个临

时工吧！我爸爸常常说，钱不会从天上掉下来的！”

在校园中打零工是可以赚些零花钱，但那是不够付学费的。而在校外长期打工，是被禁止的，加上工作繁重，绝对无法兼顾学业。

几经思量，为了Joy的一句话：“你该不会是不敢吧？”就硬着头皮去一试吧！

第二天下午，Leon 畏畏缩缩地走进了行政大楼，来到奖学金部门，才刚准备填写申请表格，就被窗口的行政人员给拦下来了，因为除非是特别情况或是拥有类似爱因斯坦的大脑，学校并没有提供一般外籍学生奖学金的先例。

Joy看到Leon像泄了气的皮球来到图书馆。听完了他的抱怨，居然大惑不解地说：“不要以为钱不会从天上掉下来，只是——你必须站对地方接！”

“站对地方？什么意思啊？”

Joy解释：“想要奖学金，先搞清楚谁会丢钱给你！校长应该才是那个从天上丢钱给你的人呀！”

“对哦”，Leon想了一下，就直接往校长办公室冲去了。

连秘书都拦不住，坐在办公桌前的校长觉得Leon极其无礼，而且申请奖学金居然想一次就跳过五关。

Leon鼓起勇气说：“刚才我在走廊看到一幅标语说：

‘遇到困难，就去解决，要勇敢地去做第一个人。’我相信自己有资格争取成为第一个！”

校长看了他一眼，欲言又止，可能是在想怎么拒绝吧？

瞬间，Leon脑海中闪过，Joy有说，校长常光临图书馆，对东方语言很感兴趣，也多次以最简单的中文跟她问好。

立刻，Leon打破了沉默：“校长先生，我是否能以一份工作来换取奖学金？”

“哦？请说！”

“我想教您以及对中文感兴趣的行政人员一些简单的中文对话，一周三次，好吗？”

校长又是一愣，但随即便开口了：“不知你是从何而来的勇气，敢直接来找我？但是，年轻人，就该勇敢，你确实办到了！”

校长接着说了：“换取奖学金？我要求的唯一条件就是你的成绩！你每个月都要来跟我汇报学校功课状况！”

然后，当场就给了Leon全额且是最高荣誉的“校长特别奖学金”！

“平凡”的建议，只会让你成为“普通的人”

出乎意料地拿到了奖学金，Leon 喜不自禁地飞奔去谢谢在关键时刻总能鼓舞自己的Joy。

但Joy仅淡淡地说：“人一不小心，就很容易做个‘平凡人’，因为你老是去听周遭朋友随口说说的话，一成不变地跟着大家做再普通不过的事情。渴望得到超凡的成果，就得做个不寻常的人！老实说，我非常佩服你当初宁愿绕远路，由工科转读商科的那份叛逆与坚持呢！”

临别时，还不忘说：“你答应过，会多看书的！看书时要想象自己是一块干瘪的海绵，正饥渴地吸收别人送上来的知识，将来有一天，海绵完全吸饱了，就会是你受人爱戴、功成名就的时刻，那时再来谢谢我吧！”

Leon从没想过遥远的“将来”，自己只是个普普通通的学生，毕业后若能顺利地找到一份收入稳定的工作就谢天谢地了，还想功成名就？呵呵……光靠读些课外书籍，就能受人爱戴？Joy可真会逗人开心！她该不会已经成为书痴了吧？

Leon在离开图书馆前，上下左右好好地打量了一圈馆内排列相当整齐的图书——妈呀！这么多的书，密密麻麻的，就算只是随便翻翻看看，都不知该从哪一本书先开始呢？

但既然答应了要多看书，几天后，他只得硬着头皮去请教Joy了！

5 “蜜蜂效应”！看书要像只采蜜的蜜蜂，——采集知识，传播予人

Joy同意，我们一生中需要看的书太多，可惜生命太短暂。因此跟他说了一个看书的秘密——要像一只采蜜的蜜蜂，尽量发挥“蜜蜂效应”！因此，你必须把握“娱己又娱人”的大原则，挑选“五彩缤纷”的书！她接着解释：“先去寻找自己喜欢的主题，但必须是一个别人也极可能会感兴趣的主题。结果呢，只要你比大家多知道一些，以后就常会有一群人围着你听你讲故事，也能学到一些新鲜有趣的知识，这不正像蜜蜂为自己采蜜的同时还起到了授粉的作用，对人类产生重大贡献！”

万万没有想到，不过就是看书，竟然有“蜜蜂效应”，这比喻很是贴切，Leon对Joy的想象力无比佩服！

Joy越说越投入，比手画脚起来：“倘若广受朋友们欢

迎，看一本书，就能体现出百本、千本的效果，有一天或许可以摇身一变成为台下有成千上万听众的伟大演说家呢！”

“能不能说得更具体一点？最好是举个例子！”

成为演说家，是Leon少年时的一个梦想，因此从中学开始，他便常常参加各种演讲、朗读比赛，很受欢迎。即使是在今天，也拥有好多喜欢听他讲些奇闻轶事的同学呢！

Joy当天心情似乎特别好，很愿意透露更多的“秘密”。

“如果这一生只能看一本书，我会推荐‘百科全书’！我就是看了这么一本浅显易懂的书，才一头钻进天文、历史、地理的奇妙世界。”

Joy穿越时空说故事

她说：“一开始选书是越简单越好！这么说好了，如果你喜欢中国历史故事，最好是选择一些比较通俗的题材。举例说，中国古代不是有被形容为‘沉鱼落雁’的四大美女吗？其中的西施又是怎么变得这么漂亮的？”

Leon从来没有想过这个问题。

Joy说：“有关西施的书很多，我看过好多本，但只喜欢看与众不同的介绍。有一本小说，叙述西施并不是施家庄中最美丽的女孩，但她却会让所有男人怦然心动，为什么呢？是天生丽质吗？当然部分是！但大多数人不知道，西施从小就热衷各种学习，她勤练说话、歌唱、舞蹈，因此谈吐优雅，举止楚楚动人。她更喜欢聆听大人们讲各种各样的故事，不断吸收知识，开启了智慧，一颦一笑之间，流露出同龄女孩少有的气质。”

“Leon,学到什么了吗？你看，**知识会开启智慧，智慧会让女人散发出迷人的气质。**”

Joy似乎已陶醉在自己做出的结论之中。

她半眯着眼说：“西施的沉鱼美貌与高雅气质能令吴王夫差一见倾心并不意外！但真正厉害的是，在后宫三千佳丽中要能独获长期宠爱，必有过人之处！每当吴王夫差趾高气扬、高谈阔论时，她却含辞未吐、气若幽兰。当遇上夫差愁眉不展之时，她的知书达理，就得以发挥了，能适时为大王分忧解难。”

Joy想了想，然后说：“这种温柔体贴、善解人意，由内在散发出来的魅力，有哪一个男人可以抵挡得住？可见女人的美必须内外兼具，才能倾国倾城。”

哇！Leon大为吃惊！一个来自菲律宾的小女生，居然能讲出自己前所未闻的中国古代故事，还会融入一些自己的想法，胜过历史老师，真是了不起！

Joy认为，许多故事内容应是出于想象，但因为趣味性强，可以达到百分之百娱乐读者的效果！这就是看对了书先是可以“娱己”，接着又能“娱人”，这应该是看书能达到的最高境界啊！

“还有其他精彩的故事吗？”

男人女人都应该深思的两句话

“哦，太多太多了！我们换到地球的另一边去，说个可以相互辉映的西方历史故事吧！许多人都听过2000多年前古埃及曾经出现过一位奇女子，也就是‘埃及艳后’克利奥帕特拉。”

Joy说她与一位同事曾经一同看过一本有关克利奥帕特拉的历史小说，忘了书名了，但仍记得事后有互相讨论读后心得。

她同事说：“看完这本书，她了解到这位女皇曾经利用天赐美貌与聪慧，先后迷倒了原本是要去征服埃及的罗马三雄中的凯撒以及安东尼将军。但最后，被称为第三雄的屋大维从罗马率领大军远渡重洋而来，击败了仍流连于埃及温柔乡的安东尼。当时39岁的‘埃及艳后’，动过故技重施去迷惑年轻屋大维的念头，没想到这次却吃了闭门羹。在万般无奈、羞愧之余，选择了自我了结，古埃及王朝也就结束了。”

Joy停顿了一下，感慨地说：“我相信喜欢看西洋史书的读者大都早已熟悉同事转述的故事。而这本小说触及我心灵深处的却是‘埃及艳后’在临终之前说出的那句值得全世界的女人深思的名言！”

Joy欲言又止，Leon求她赶快说下去！

“书中说，‘埃及艳后’在咽下最后一口气之前说的：**‘女人到了39岁，还想靠姿色去掳获男人的心，非常可悲！’**看同一本书，别人首先想到的是罗马三雄、埃及女皇，但我却能够抓住别人没有注意却可能是那位作者在整本书中想要交代的一句话！”

Leon呆坐在椅子上，不知道该怎么去称赞Joy！

再一次仔细端详她，是一个长相普通，略黑又瘦小的女孩，但在说故事的时候，瞬间透露出一股光芒四射的自信，一种会令人惊叹的内在魅力。

“还想听吗？还没说完呢！”

Joy长期从书中启发出的智慧，犹如火山般地开始喷发了！

“你知道当安东尼败给了才32岁的屋大维，在自刎之前，说了什么话吗？

安东尼说：**‘男人到了53岁，开始贪图安逸享受，最怕遇上因饥饿而奋战的对手，这就是我今天的下场。’**这句话也很耐人寻味，是吧？故事可能仅是出于创意，但所有中年男人都应该省思吧！”

Leon僵坐在椅上，像是被电击了。这是他第一次领悟到一本书中的一句话，就能感受到犹如被百万伏特的电流击中的震撼力！

“看书一定要学会抓重点，整本书如果在看完之后，能记得几句令人回味无穷或是一些永生难忘的内容，就真正比别人多学习到些知识了！你看，你喜欢听我说故事，将来有一天，也能像只小蜜蜂一样，将这些故事传授给很多很多人，你又是个幽默高手，大家一定会听得如痴如醉，那种成就感会是无可取代的！”

“我过去一直以为，看书只不过是消遣时间，顶多能自我满足罢了，真没想到，还能……”

“你听过‘施比受更有福’吗？”

“当然听过，是一句鼓励人行善的话！”

Joy站起来，抿嘴微笑着说："当有一天，你有机会将一生所学，无私地奉献给别人，就能体会这句话的深远意义了！"

听Joy这么说，Leon心动不已，急着想去找更多的书看了！这样，将来也许真能像Joy说的，开拓出一个受人欢迎、精彩且不一样的人生！

来啰！Joy要教我们如何看书了

过去，Leon从来没有想过看书还能产生"蜜蜂效应"。但是，厚厚的一本书，有谁能记住全部的内容？Joy教他只要将心得或是发人深省的经典语句写在一张便笺纸上，然后夹在封面上，以便随时可以拿出来温习，就再也不会忘记。即使是圣贤说过的话，也都会变成你所拥有的学问。

Leon也好奇地问过Joy："一本书这么多页，要从第一个字看到最后一个字，平均要花多少天？对我而言，逐字逐句地读，至少得花上一个礼拜。"

Joy听了，简直笑翻了天："如果是照这种速度，那你一生能看多少本书？我平均只要20分钟就能看完一本书！"

"什么？只需要20分钟？难道你学过速读？"

约翰和珍妮认为速读很重要，还特意花了大价钱去学习了半年。

Joy苦笑着说：“悄悄跟你说，我书读得快，是被环境所逼的。没错，是贫穷的环境！”

Joy提高了嗓门：“其实贫穷是件好事，它能激发一个人力争上游的潜能。在我还是小孩时，便很喜欢到住家附近的一家小书店去翻书看，我必须争取时间，用最短的时间看最多的书，否则老板就会板着脸走过来问究竟要不要买？我哪有钱买书？只能趁老板不注意，用十分钟的时间，赶紧看个四五本书的重点就开溜。”

“因此，我追求的并不是速读而是学会抓重点，即使你拥有一目十行的特技，如果抓不住重点，摸不清楚作者最想表达些什么，书读得再快有什么用？”

“十万本书”能产生魔力，让人变得聪明

“由于从小就喜欢看书，再加上在图书馆工作3年多，我已经看了超过十万本书！跟你说，当你书看多了以后，很奇妙的，会突然变得聪明，遇到任何问题，自然就会知道答案，我是慢慢才发现，看书，不知不觉中吸收了别人的知识

与经验，还会赐予你超乎想象的智慧！”

Joy睁大眼睛继续说：“学校中有一位学问渊博的老教授，他常常向我抱怨说人生最大的麻烦，就是经常要面对棘手又难以做出决定的选择题，即使他拥有双博士学位，但也会头痛不已。每当他面临抉择的时候，总是喜欢来图书馆问我，没想到吧？”

“但我总觉得困惑着他的每道选择题其实都不难，答案根本就是摆在他自己面前的，但他却常钻回答案里，又给自己创造出新的问题。这可把教授给吓到了，常戏称我是个天赋异禀的**‘小魔女’**呢！哈哈……”

“多读书能变出魔力？这可有趣了！”Leon笑嘻嘻地问：“那么，请问‘小魔女’，要怎样才能看很多……很多的书呢？”

Joy随手拿起桌上的一本书，翻了一下，然后说：“任何一本书，作者最想要表达的主题，其实都只藏在其中的几页当中！其余的篇幅大都在做铺陈或是详加解释他的论点罢了，我们不需要花太多时间去逐页的阅读。翻开一本书，先看看章节目录，对于一个看书老手而言，马上就会知道哪些章节的哪一节，是这本书的重点。我从来没有看过一本书的每一页都是重点，我想，就算是大哲学家苏格拉底，恐怕也没有功力写出这样的书吧！哈哈！”

Joy还特别强调，想要培养快速抓重点的功力绝非一蹴而就，必须读完一定数量的书之后才会突然开窍！

“那大概要看多少本书才会开窍呢?”

“至少500本吧！就像那些长跑运动员，一开始练习的时候，脚步一定感到沉重，但在持续跑了一段时间之后，有一天会突然觉得身轻如燕了！”

Leon完全认同，看一本书，真的不需要花上一整天的时间从第一页看到最后一页。他发现看英文书，翻阅每一章节的第一段，中文书则是看最后一段，大致就能了解作者的心思。为什么呢？因为英文书的写法常是将研究的重点、成果摆在开头，然后再逐一验证说明。中文写法则讲求“起承转合”，在故作悬疑吊足读者胃口之后，精彩重点自然就留在最后一节的结论中了！

Joy对于这种“速读”方式表示惊讶，她连忙说：“哇！这我还是第一次听到！也不禁让我联想到，吃西餐是先喝汤，中餐则是将汤留到最后才上。哈哈，真高兴，学到了！谢谢Leon！”

见微知著，她果然是心胸开阔，有着一颗热爱学习的心！

6 职场是座迷宫，随便走入，小心找不到出口

3年之后，Leon大学毕业了！

他与大多数毕业生一样，在找寻第一份工作时，完全不知道自己真正想要的是什么，毫无方向。特别是商科毕业生，范围太广，似乎什么工作都可以做，大家只有一个希望——薪水高一点。Leon如同乱枪打鸟般地将一份履历向100个公司发射，就看哪一家倒霉的公司能被射中。但他多虑了，一家都没有！

这样也好，他觉得是该静下来想想自己的专长是什么，兴趣是什么了。只为了赚取生活费，随便找个工作，既痛苦自己还会耽误别人。看过一本书提到——职场是一座迷宫，可以随便走入，但要小心可能会走不出去！

其他的同学呢？

娜欧米已经回日本去了，但是她还经常来美国。听说，她很快就要嫁人了。她的第一份工作，就是学习做个家庭主妇吧！

萝拉呢？已经在八大会计师事务所其中之一工作的她心满意足地说：“我是会计系毕业的，跟大家一样，当然就是找一份会计工作，什么兴趣，什么目标，先有稳定的收入才重要！别多想啦，Leon！”

约翰呢？他则是心有不甘地说：“本以为在这家顶尖的企业管理咨询公司找到了会让你们羡慕到流口水的‘咨询师’工作，呵呵呵……可惜啊！老板居然‘有眼不识泰山’，大case老是交给别人，唉！大材小用，先窝着吧，总有一天这个混球主管会先滚蛋的吧？”

Steve是长叹了一口气后，沉重地说：“当初寄出了30几份履历表，只有这家公司愿意雇用我。虽然讨厌目前的工作项目，但有选择吗？快乐是来自于比较，比起其他到处求职碰壁的同学，我获得了慰藉！而且，同事们都说，工作只是为了糊口，还为兴趣？这是奢想！专长？完全没有！”

比较起来，美国帅哥奥斯汀的工作是最有前途的。他在一家大型连锁百货公司担任营销专员，并且已经受到老板的器重。他说：“我比别人幸运，是因为大三时，便对于能够发挥自己专长的工作早已有谱，也设定好未来工作目标。大学期间，除了先选修相关课程，每年的寒暑假，我都会去心中选定的几家公司，提出不支薪来换取实习机会，确认未来想走的路是否正确。还记得那次约翰他们几个人去巴黎玩，而我们两人却没有去吗？你说是因为脚伤，而我没有多嘴解释的原因是认为实习工作远比玩乐重要。毕业后，果然没有浪费时间，顺利进入了梦寐以求的公司。”

Leon很佩服美国年轻人具备独立自主的精神，他们很多在高中毕业后，便开始寻求经济独立，不再依赖父母。奥斯汀高中毕业之后，先工作了两年，赚到了学费才上的大学，然后认识了我们。他说：“高中毕业后的那两年间，我试过4个不同领域的工作，借着临时工的角色来摸索前途，还创造了未来优先获得雇用的机会呢。”

好了，Leon最关心的珍妮呢？

珍妮找到的工作也令我们羡慕，她只靠着父亲的一个推荐电话，就顺利地进入了一家著名计算机公司，在会计部门上班。她告诉Leon，会计部门刚好有一个空缺，条件不高，可以推荐他！

一个星期之后，为了符合公司衣着要求，Leon穿上才新买但显然是大了一号的西装，却拴着一条又细又短的领带，看起来太不搭配，连珍妮看到了都猛摇头。不管了，上班去啰！

“I hire you to work, not to talk !”

不过，才3个月，leon就发现坐不住板凳，不喜欢这枯燥、无趣的工作，每天清早8点便开始狠盯着墙上的挂钟，希望能用眼力练就出魔法，将秒针变成时针，一下子就转到下午5点。

终于，部门经理有天怒气冲天地走到他那已堆满公文却尚未处理的桌前，当着所有员工的面，大声地斥责：“Leon！I hire you to work, not to talk!”意思是——我雇你是来工作的，不是来聊天的！

没错，Leon因为工作繁重无趣，总是找机会跟左邻右舍同事们聊些趣事，常引来哄堂大笑！但他真是应该注意到，有一个人从来没笑过，就是他的经理！

那位经理，平常看到谁都会点头微笑，但只要一看到Leon，笑容瞬间消失。

为了经理会“变脸”这件事，他赶紧去问了珍妮。

“老板不喜欢你，表示工作不够努力，要自我反省、检讨！你没被当场开除已经是走大运了！”珍妮无奈地摇着头，那是她的招牌动作，显然搞不懂Leon怎么总会问这种连3岁小孩都懂的蠢笨问题。

想改变一个人很难，老板不喜欢你，麻烦了

Leon 也打了电话给Joy。

她却觉得麻烦大了，很着急地说：“Leon!听我说！要改变一个人很难，老板如果不喜欢你，肯定会很痛苦，绝对没有前途！再加上你又不喜欢这份工作，别误人误己了，趁早先开除自己吧！”

“你是说要我辞职？”

“答案就在你面前！”

“就这么简单？也许以后会有转机？我要好好想一下！”

“转机？你的判断力真的这么差嘛？”Joy很肯定地说：“人面临问题，常常清楚答案，但没有勇气改变，总会期待事缓则圆，最后选择像鸵鸟一样，把头埋进沙子里，逃避现实！”

怎么两位女生会有两种截然不同的答案？

左思右想，就是没有勇气辞职，或许这一次Joy把事情

想得太简单了？珍妮比较务实，就听她的吧，怎能随便就把手上的面包丢掉？

从那天开始，Leon乖乖地封住了嘴，就这样像个“木乃伊”一般静静地做了一整年自己非常不喜欢，薪水又超低的工作。

要求加薪的一个大笑话

他注意到，在这家公司每做满一年，人人薪水都会有所调整，对于已通过试用期的新人，薪水更应照例重新确定，但他的月薪却没有调整。坐在旁边的同事山姆非常好奇且热心地问：“你现在的月薪是1000美元，希望能得到多少？”

Leon心中理想的数字是1200美元。

山姆说：“你没听过吗？不去要糖吃，永远吃不到，大胆去争取吧！但想要提高薪水，学问可大了！你必须先把价码开高一点，给对方一个砍价的空间。你就先开1500美元吧，成交价可能会落在正中间的1250美元，这么一来，轻而易举就至少会得到你想要的1200美元！”

“哇！可以……太好了！”

“但是，别忘了一个小细节，要选在周五下班前一个小时，那时老板心情最愉快，还有，我教你怎么开口说……”

山姆果然是足智多谋，Leon这才了解，想成就一件大事，需要动点心机！

周五下午，他站在了老板办公室门口，深深吸了一口气之后，敲了门。

“Hello, Leon!有事吗?”老板看起来心情特别愉快，因为他正在安排周末的旅游。

“是这样的，”Leon装得依依不舍地说：“嗯……是这样的……嗯……对面同行的电子公司想要挖我，但我当然还是喜欢留在这边啦……”

“居然想来我的地盘挖墙脚？他们给你多少钱一个月?”

“1500美元！”

“什么？真狠，开这么高！”

“对啊，我也感到……惊讶，如果说，咱们这边的薪水能稍为……”Leon结结巴巴地补充。

正在整理行李的老板，立即坐回了办公桌，拿出了计算器，敲了起来。气氛一下子凝重起来了……

突然，他站起来跟Leon握手说：“真是恭喜你！到了那边以后，别忘了常回来看我们喔！”

于是，Leon正式失业了！

……

回到家后，Leon对于要求加薪的过程反复琢磨，是哪个环节出了问题？结论很明显，老板打从一开始便不喜欢他，而他也从来没有喜欢过这份工作！这样也好，皆大欢喜。

珍妮对Leon的荒腔走板行为非常生气，吼着说："吃人家的饭，就要看人家的脸色，老板不喜欢你，还不更加努力工作来改变他对你的看法，居然敢厚脸皮去要求加薪。你自以为是谁?"

得不到一丝安慰，Leon有些沮丧，但心中却想：终于脱离苦海了！将来一定要找到一个欣赏自己，且会主动为自己加薪的老板！

珍妮的父亲，年轻时一步一个脚印地在业界辛苦打拼。父亲一再叮咛她："只有努力工作、不求回报才能得到老板的欣赏！我刚开始工作的时候，老板并不喜欢我，常常拿我出气，但我仍然咬紧牙关苦熬、任劳任怨，整整努力了30年，终于打动了老板的心，由一个小伙计，成了接班人，也才能拥有今天的一切!"

因此，珍妮怒气未消地又说："你只是一个穷……又不是什么大少爷，还敢挑老板？能保住工作就不错了，还……唉！钱不会再像上次申请奖学金一样，从天上掉下来的!"

然后甩头就走了。

Leon庆幸没有脱口而出“当初若是早点听Joy话递出辞呈就好了!”。因为，如果说出来，就是在挑战珍妮父亲坚信不疑的出人头地模式，尤其她若听到是Joy说的，更会引起两个女人之间的……虽然她们并不认识。

事实上，Joy当时更以为，能在职场的迷宫中及时发现“此路不通”是幸运的。

开除你的人，才是一生中真正的贵人

当Joy听了Leon那天下午要求加薪却失业的过程，一开始先是以手捂着嘴，但最后还是忍不住地开口大笑，说那是她这辈子听过最离谱的笑话。

“你原本就不适合这个跑道，早该转换，但你不敢，选择留在同一部跑步机上原地跑了整整一年。好在，工作就像龟兔赛跑，要到一两年后才知道谁是真正的赢家。其实，**失败与成功轮番交织在人的一生，遇上失败，越早越好，才接着会有后面的成功。**”

Leon只觉得Joy是以人生哲理来安慰他，可惜她说得太快，无法立即深思体会。

Joy又说：“对了，**不要以为欣赏你的老板就是恩人，那个因为你不适合，早点开除你的人，可能才是一生中真正的贵人！**”

“什么？那位趁机将我一脚踢开的主管是我的贵人？”Leon怀疑自己听错了。

“没错！将来一定会得到验证的！”Joy接着说：“我还听过一句值得反思的话：要感谢在暗夜里让你哭泣的人——折磨，才会让你成长。”

Joy最后还提到，她父亲对于毕业后随便找到的第一份工作打从第一天起就不喜欢，却一直没有辞职的勇气，更“不幸”的是，老板非常欣赏他的忠厚老实，一再挽留他继续工作，于是就这么在一间五金行做了一辈子自己讨厌的工作。

失业在家的日子

失业在家，Leon认识到想要坚持走自己认为理想的路是孤独难行的，他要求加薪的大笑话早已在同学间传开了！

丢脸没关系，可怕的是，无业也就代表完全没有收入，看着存款簿上逐渐减少的数值，他意识到必须省吃俭用了。

为了“俭用”，他只得搬进一间廉价公寓，窄小的房间除了单人床，只剩一张让他既“痛”又恨的破烂沙发，经常一转身就撞个正着，痛到流泪。

至于“省吃”倒比较容易解决，他经常煮一大锅绿豆汤，早上喝一碗，中午喝两碗，晚上喝三碗，再配上几片吐司面包，想象自己正在品尝标准的中西合并式“套餐”。

这段时间，Leon每天都忙着看书，想查询出各类职业的性质，逐一思考是否适合。期间，珍妮曾来电催促Leon立刻去应聘一份临时性的会计工作。他猜想，那份工作是珍妮爸爸在背后主导的。老实说，人在饥饿时，很容易向现实低头，而他又很喜欢珍妮，即便如此，仍然咬牙婉拒了珍妮爸爸的安排，因为不想“在同样的地方，以同样的姿势，再摔倒一次”！总之，任何事情都可以商量，但工作是每个人一辈子的事，不能依赖别人，必须靠自己去寻找，他坚持要追寻自己的梦想。

“坚持？梦想？我爸爸说，你是‘坚持’在做‘白日梦’！”珍妮发火了！

现在，Leon必须及早认清事实，自己真有专长吗？真有向往的工作吗？真能找到欣赏自己的老板吗？还是真如珍妮爸爸说的那样是在做白日梦？

也许是书看得不够多，仍然没有理出头绪。

那么，总能在书中找到答案的“小魔女”呢？

Joy像本活字典，也像是白雪公主故事中那面无所不知的“魔镜”！记得有一天下午，Leon与她在学校餐厅里喝着冰凉的草莓奶昔，Leon问了大概1000个有关人生常会遭遇的问题，居然从她那儿得到了意想不到甚至会震惊的答案。从太阳还高挂着，一直聊到月亮都升起来了，Leon才放过了她。

或许，Joy可以在找工作方面给些更具体的建议。

7 找工作的第一步：搞清楚你是“哪一类猿猴”变的

与Joy久别重逢，真是高兴。

她看起来比以前瘦了一些，说是因为在准备硕士班的论文报告，每天需要更大量的阅读，连图书馆管理员的工作时间都减少了。

坐在丹尼斯餐厅角落的Joy抿了一口咖啡，似乎是不想让别人听到，刻意压低嗓门地说：“我不认识珍妮，也不应该随便批评别人！但是从你申请到奖学金的例子证明——钱，有时真的会从天上掉下来的，只是，你必须站对地方接——难道不是吗?”

“现在，我的看法是——找对了工作，就是站对了地方！”

Joy谨慎地说：“不过，工作能‘适才适所’，对大多数年轻人而言并不简单，尤其是刚毕业的大学生，课外书籍读得不够多，茫然不知自己即将面对的是什么样的世界？工作不过就代表有份收入罢了！”

Leon急着打岔：“我现在就是那些大多数的人，我真的不知道自己有什么专长，哪里又是‘站对地方’。”

Joy摇了摇食指，做出了一个“不要打岔”的手势，然后说：“我当然知道你心急，连自己有什么专长都不知道，更别说该如何将它发展成职场中必备的‘一技之长’了！想找到理想的工作，你确实比那位美国同学奥斯汀晚了许多，但是别急着竖起白旗投降，全世界每一个人都拥有天赋，可以开发出至少一项属于自己的专长，没有例外！遗憾的是，他们浑然不知，还误以为自己一无所长呢！”

Leon忍不住又打岔了：“等一下，你是说全世界70多亿的每一个人？”

“是的，每一个人！我可是有根据的！只可惜，这70多亿人中，绝大多数，因为根本不知道，只能随波逐流，把天赋白白浪费。结果呢？天才竟变成了庸才！”Joy竟然紧握起双拳，以坚定的口吻回答。

“现在，仔细听好喔！”Joy面无笑容地说：“想找对工作的第一步，就是要，嗯……就是要……先知道自己是哪一种猴子！”

怎么有这么搞笑的答案？但Joy是不常开玩笑的。

只见她一本正经地继续说：“人、猿原本同祖，直到500万年前才逐渐‘分家’的。20世纪70年代，人类考古学家在非洲的埃塞俄比亚挖出了一只后来被命名为‘露西’的猿猴骨骸，考古学家分析它出现在‘人类’与‘猿类’分家之后的300万年前，也可能就是我们人类的祖先了。根据专家进一步分析，我们所有人类，应该都是由猿类慢慢演化而成的！”

Leon不停地挠着头，真是急死人了，不知道Joy究竟是想说些什么。

“看看你，又开始心浮气躁了，忘了我曾经要你学做一块懂得吸收别人知识的海绵吗？”Joy语气中稍稍带指责。

“对不起！只是……”

“我可以了解你的心急，但这对你而言实在是太重要了！”Joy耐着性子继续慢慢地说：“猿猴是群居类动物，重点是，每一个族群的猿猴都有它们祖先一代又一代传下来的独特基因，也就是天赋！”

“嗯……难怪你说每一个人一定都有天赋，不过，猿猴有这么多种，而且这又是遥远的过去，还能扯上关系？”

“我就知道你会问，这也就是我下面要说的！”Joy继续说："猿猴依据族群，大约分为100多个大类，你必须先知道自己是哪一类猴子演化出来的，才能了解自己的天赋，再透过学习变为专长。最后，根据工作需求，训练出与众不同的一技之长！"

真是不可思议，Joy一下子变成动物学家了！

她接着说："以生长于马达加斯加的狐猴为例，它们的平衡感与跳跃能力是猴中之王。"Joy停顿了一下，大概是想确认Leon是专心在听，然后点点头继续说："如果是它们的'后代子孙'，运动项目应该是你的天赋，能成为一个出色运动员的概率绝对比别人高！至于，在斯里兰卡雨林中极为活跃的蜂猴，是唯一一种会分泌毒液来攻击敌人的猿猴，它们与俗称'鬼狒狒'的非洲猴，都很凶猛又有超强的战斗能力，你如果是由它们经过几百万年演化而来的，选择'战斗'方面的职业或许是个不错的选择！日本猕猴也很逗，它们表情丰富，会演又搞笑，莫非全球当红演艺人员的先祖是……哈哈！再讲一个，具备高智商的中美洲森林卷尾猴，聪明到会用石块来砸开坚果取食，又懂得吃蜂蜜，享用各种美味果汁，显然祖先留给了它们成为发明家或是美食家的基因，其'后代'可能会成为伟大的发明家或是轻松又成功的从事餐饮事业呢。"

以前常听人用“学问渊博”来称赞一个人，但直到今天才领悟，如果用这四个字来形容面前这位小女生，太恰当啦！听得津津有味的Leon心想。

“你在想什么？”Joy还想补充：“对了，同样属于猿类，主要生活在非洲的黑猩猩具有超强的记忆力与观察力，过去曾经举办过一场由黑猩猩与人面对面的比赛，结果让动物学家们开了眼界，黑猩猩的记忆力、观察力竟然远胜一般的大学生哦！而更奇妙的是，它们同时具备了超强的表达能力，是最能与人沟通的猿类！”

才谈到这儿，她就急忙站起来说要赶回学校去继续看书、写研究报告了！

长鼻猴竟然就是“大鼻子情圣”

Joy书看得多，有无穷的想象力。可惜那天Leon听得浑然忘我，竟然没来得及问——要怎样才能知道自己祖先属于哪一类的猿猴，难道要亲自跑到世界各地的动物园去寻根吗？

有一天，Leon忽然想到，马来西亚来的同学Steve，去年不是才带着珍妮、约翰他们好几个人去地处热带雨林的沙巴旅游了吗，也看过濒临灭绝的长鼻猴，就先问他们看到长鼻猴的心得。

眼睛细长，有着可爱小虎牙的娜欧米笑嘻嘻地说：“长鼻猴就是鼻子又长又大的，还会有什么其他的呢？跟你一样‘卡哇伊’喔！哈哈……”引得其他几位同学也开怀大笑，接着他们就将话题转到美丽的沙巴了。

这可与Joy说的不同，她说过，雄性长鼻猴都有个超级大鼻子，等于是装了一个内置音箱，因此吼声很特殊，为了吸引异性，它们可以发出响彻云霄的高音，也可以哼出充满磁性的低音，显然是“大鼻子情圣”，也是天生的歌唱家。那么，闻名世界的几位男高音，难道都是长鼻猴的后代？

将天赋转化为一技之长

一个星期之后，Leon觉得与其自己乱猜，还不如直接请教“动物学家”！

“Hi！Joy！今天忙吗？上次听猴子的故事，因为太入迷，居然忘了问……”

“你当时没问，还以为你是神童呢！早就料到，你还是会来问我的！”Joy在电话中笑着说：“既然全世界每一个人都拥有天赋，而我认为你的天赋是观察力和记忆力。多看些书，会帮助你将天赋转化为可以用在工作中的一技之长！”

在茫茫人海中寻觅你的同类

“现在，发挥想象力的时间到了！”Joy说：“既然地球上所有的人都是由猿类演化而来，就不需要到世界各地的森林中去研究猿猴了！改成去看人，没错，人！多看看各式各样的人，比较自己与他们是否同样具备某种天赋或是接近的专长，那么你们就可能源自同一类祖先啦！”

“范围太广了吧！”

“当然，看人也有秘诀，你必须尽快从书中去寻找与你类似的人！”

“从书中找人？有这么稀奇的书？”Leon双手一摊。

“快去看各行各业有代表性的成功人士的传记！”Joy解释：“军事家拿破仑可能就是骁勇善战的蜂猴或是狒狒‘变’的，爱因斯坦、爱迪生就可能是聪明的卷尾猴的后代！明白了吗？”

“哦？”

“对！当你看完100本名人传记之后，保证会对其中几位人物的经历和想法有一种似曾相识的感觉，也会对他们的日常生活、工作内容感兴趣。那我要说，你们可能就是源自同一类的猴子！有了一个大方向，或许就可以去寻找属于他们领域中类似的工作！”

在电话那头的Joy忽然语重心长地说：“别辜负了你的天赋，其实只要靠自己就会很快找到答案，以后不会再需要来问我了！”

“是吗？你这话听起来好像要拒人千里之外呀！”Leon又颇为好奇地问：“那你看了这么多的书，知道自己是属于哪一类猴子演化而来的吗？”

Joy 立即回答：“有一天，我看到一本书，介绍名闻天下的海伦·凯勒。但是，深深震撼我的却是故事中提到不多的莎莉文女士，她具有无人能及的爱心与耐心，能将又聋、又瞎还又哑的海伦·凯勒教育成世界著名的作家、教育家，这是何其伟大的老师啊！我总觉得自己很像她，也很向往当个好老师，因此常常在想，我跟莎莉文可能就是同一类猿猴的‘后代’吧！”

Leon认为Joy的确很适合从事教育工作，她特别懂得开导年轻学生，绝对会是一位好老师！

工作没选对，一切白努力

Leon也完全认同，想要找份有前途的工作，第一步当然就是要先确认自己有哪方面的专长，才能选对工作，否则再努力都只是在消耗自己！

想想看，如果让拿破仑去担任文职工作，让爱迪生去当会计师，让拳王阿里去坐办公桌，让石油大王洛克菲勒去当厨师，或许他们也能胜任，但任何人摆在错误的位子上，天才成了庸才，即使天上掉下来黄金，他们也接不到！

人生竞赛，"方向"胜过"速度"

"小魔女"，绝非浪得虚名！短短一个小时的"电话请教"，Leon便茅塞顿开，对于如何找工作，终于有了方向！他更不会忘了Joy说的："只要方向对了，你注定是个赢家！不要以为在职场中赛跑是越快越好，方向正确才更重要！**只要方向对了，即使速度稍慢，仍会赢过百分之九十的人，因为大多数人根本不知道自己早已跑错了方向！**"

……

在Leon住的公寓附近，有一家很大的书店，于是他展开了广泛的阅读。

一个星期之后，看完了100本书。因为学的是商科，就先选择企业名人的传记来看。

他虽然很佩服百货、旅馆、石油、房地产等商业巨子的经营长才，也羡慕一批批年轻的硅谷科技天才在车库中研发产品的精神与创意，但对于他们的工作内容与生活方式却很陌生也不感兴趣。显然自己与他们并不属于同一族群的“猴子”吧！

那么，自己究竟是哪一类猿猴演化而来的呢？

有一次“Lucky 7”又一同在餐厅聚会，leon向约翰、萝拉、珍妮、娜欧米同时请教这个问题，结果呢？他们几个震耳欲聋的爆笑声引来了餐厅每一位客人的怒目侧视。

来自日本的娜欧米也有她无厘头的看法：“照你这种逻辑，所有的拳击选手应该都是由擅长打拳的澳洲袋鼠变的？”

“你在说什么？”Leon苦笑着回答：“别闹了！袋鼠怎么会变成人类的祖先了？”

娜欧米讲话从来不经过大脑，想什么就说什么的个性有时还真逗！有一次，大伙在学校餐厅吃午餐，眼尖的她瞄到一位刚从非洲处理公事回来的日本同学经过，急忙拦下他问：“你看到狮子了吗？”

那位同学满脸惊讶地说："我这次看到了许多比狮子更凶猛的东西！"

"什么东西？快说来听听！"

"汽车！满街都是！"

娜欧米当场揍了他的同学一拳！大伙也都笑翻了！

轮到约翰了！他竟然还建议Leon到动物园去应聘"猴子管理员"的工作！

至于珍妮呢？

她只信从父亲中规中矩的传统法则，是属于老一派的，这类型的人，十分排斥新鲜想法，对于Leon滔滔不绝所谈的"猴子理论"，完全听不进去，只是不断地皱着眉，摇着头。中间只插过一句嘴："Leon！你每天继续这样胡思乱想，迟早会进疯人院的！"

直到有一天，Leon 在书中看到一篇报道，介绍一位金融界大佬，他对数字有过目不忘的天赋！有一次助理不小心把厚厚一本客户数据弄丢了，其中包括上千位必须随时联络的客户电话。本来助理急得不知所措，但没想到这位大佬气定神闲，因为所有客户的电话号码以及业务数据，一直都存在他的脑海之中！

Leon看完这篇报道，大为吃惊，难道他们是同一类猴子演变出来的吗？Leon除了对他的工作内容感兴趣，同时，与会计系的同班同学比较起来，他发现自己的确对数字与图表的变化更为敏感，也能过目不忘。

8 找工作的第二步：选择“娱己又娱人”的职业

大概知道自己是属于哪一类猴子的“后代”之后，Leon又想去请教Joy了，他想知道，确认了大方向之后，找工作的下一个步骤是什么？

Leon带了一盒Joy喜欢吃的草莓来到了图书馆，但却扑了个空，听她同事说Joy这几天都待在家里。

在电话中Joy说：“硕士班毕业之后，身体出了一点小状况，准备先休养一阵子。但很高兴你终于找到了大方向。”

Joy在电话中咳了一声，然后用稍带沙哑的声音缓缓说：“找工作的第二个步骤？你可别笑我……我自己还没有找工作的实际经验呢！”

Leon脑海中突然闪过一个念头，绝对不能让约翰跟珍妮知道自己正在请教一个还没有找过工作的人。

但是，Joy接着就充满自信地说：“旁观者反而更清楚！我在许多名人传记的书中悟出了一个道理——同样要遵循‘娱己又娱人’的原则，将来才能增加出人头地的机会！”

“你看，那些年收入高得吓人的篮球明星，他们原本就热爱打篮球，但同时又娱乐了所有在现场以及观看电视转播的广大球迷，就是一个例子。再来，乐在表演工作，又能带给千万影迷快乐的电影明星，不就是令人羡慕的成功嘛！你再看看有些名利双收的歌唱巨星，高站在舞台的正中央，背后有整个交响乐团伴奏，台下又有成千上万的粉丝摇旗呐喊，有这么好的环境，能让他们融入其中一展歌喉，还能将天文数字的钞票塞进口袋，你不羡慕吗？而我们呢？上个周末去唱卡拉OK，十几个人声嘶力竭地吼了整个晚上，不但没有一毛钱进袋，还要自掏腰包付昂贵的入场费。显然，唱歌不是我们的专长，即使娱乐到自己，但可能造成旁边人的痛苦，哈哈，付费是应该的！”

娱乐越多人，收入就越高

“别忘了！如果能娱乐越多的人，成就、收入就会相应地越高。像是肯德基创始人山德士爷爷，从小就喜欢做菜，当同龄的孩子还在读小学的时候，他已经能端出美味可口的几十道菜。后来自行创业，更推出了软嫩酥香的炸鸡，大受欢迎，拓展新店的速度快得惊人。能让全球的人，包括你跟我，都大快朵颐，满意又快乐，他很自然地就成了世界级的'富爷爷'了。这不正是工作中只要做到'娱己又娱人'，就能得到美好回馈的最佳实证吗?”

Leon有感而言地说："如果有一份工作，连自己都不喜欢，而工作内容别人更是听都懒得听，既不娱己又不娱人，怎么会有前途，我以前的工作不就是这样吗?”

Joy回答说："那当然是个遗憾！工作在我们生命中占去了绝大部分的时间，'最低要求'是你本人至少要'乐在其中'”！

不愿持续追寻梦想的人，只会是天空中的一道彩虹

Joy说：追求梦想是每一个人的权利，但你必须要有勇气！只可惜，不少人因为害怕改变现状或是根本懒得伤脑筋，最后是选择了退缩和放弃！”

Joy叹了一口气后接着说："一个只满足于现状，不愿持

续追寻梦想的人，会将原本可以是五彩缤纷的人生，转换成‘天边的一道彩虹’，慢慢褪色，接着消失无踪。即使曾经炫丽，但可惜太短暂！”

“至于金融方面的工作”，Joy在电话那头接着说：“隔行如隔山，想到金融界服务，什么样的工作能娱己又娱人？这我一下子无法给出建议，不过对你而言绝对不是会计，哈哈！这样吧，我来帮你想想，过两天再打电话给你，好吗？”

隔天，Leon也亲自去请教了约翰，但他却一如往常地泼冷水：“娱己又娱人？为什么你老是喜欢做些不切实际的梦，有一天，你找到这种梦幻的工作，可别忘了也通知我，呵呵呵……一个卑微的小人物还有资格去挑个可以娱乐自己的工作？哈哈……醒醒吧Leon！我只听过，想要得到娱乐可是要付钱的，还要别人付钱给你？真是笑死人了！你去看看我们周遭的朋友，有哪一个人是天生喜欢工作的？有谁不喜欢从早到晚跷着二郎腿，躺在沙发上一边吃着爆米花一边看电视，好好娱乐自己？想赚钱，就必须付出代价——忍痛工作！别忘了，你这个月的房租还没付吧！”

Leon觉得纳闷，怎么约翰总是将他这么有创意的想法当成垃圾？随时随地都在找机会酸他？该不全是因为他同时也在追求珍妮吧?

前几天，Leon好不容易单独约出珍妮到学校旁边的餐厅吃比萨，约翰刚巧路过，由窗外瞄到他们，竟然马上冲了进来，搬个椅子坐在旁边，当个讨厌的电灯泡。他还当场送给Leon一个新的称呼——主任！没错，是“猿猴管理中心主任”。

Joy不认识约翰，但她早就相劝：“**不要介意！宽容别人才是为自己平反的高尚方式！**与其现在平白生气，不如将来努力争气!”

但这次Joy稍稍出现了难得的激动：“我们虽然不是天生的大人物，但是‘小人物’就不能找到娱己又娱人的工作吗？更要胸怀大志，不要自贬身价！我认识一位建筑系毕业的同学，平常就很喜欢绘画和设计，因为有丰富的想象力，设计出许多我们几位同事都很喜欢的摩天大楼图形。即便如此，却一直找不到心目中理想的工作。同班同学们纷纷劝他不要自视过高，不如先找个临时工作，但他却像修筑巴黎铁塔的埃菲尔先生那样，遇上挑战，没有退缩，坚持不愿随便屈就。半年前，终于在一家全美最著名的建筑师事务所得到了录用的机会。将来，谁敢说他不会成为建筑界的‘大人物’呢?”

珍妮爸爸突然出现了

不久之后的一天清早，还睡得迷迷糊糊的Leon接到了珍妮打来的电话："Leon！赶快起床！"她急呼呼地说："我爸爸临时决定来美国，想先来看我，我们已经在从机场回家的路上，过一会儿就会经过你那儿，他突然想顺便到你那边看看！"

"我的天啊，"Leon吓得差点从床上滚下来了。连衣服都还没来得及穿好，门铃就响起了！

"这就是你住的地方？"珍妮爸爸劈头便问。

他看起来精神抖擞，一点都不像是刚坐了十几个小时的飞机。

"Sorry ,Sir！"Leon语带颤抖地说："我不知道您要来，还来不及整理，真是抱歉！"

珍妮表示，没办法，他爸爸坚持要顺道过来！

可是，看到自己破烂公寓中唯一可以让给人坐的那张破了皮的沙发上，还堆满了脏衣服，Leon简直恨不得找个地洞钻进去。

"别担心，我们马上就要走了，用不着坐！"珍妮爸爸转头瞄了厨房一眼后就接着问："你平常多久洗一次衣服？还有，我看到水槽中堆满了碗盘、筷子，难道你从来不洗吗？”

“嗯……嗯……，最近每天都忙着看书，不好意思！”

其实Leon平时都是等珍妮偶尔来一趟的时候才顺便整理一下。

奇怪了，本来毫无笑容的珍妮爸爸突然冷笑了两声：“听说你正在边研究猴子边找工作？”

“对啊！”Leon以为终于找到了共同话题，兴奋地说：“最近有重大发现，我与那黑猩猩……”

“很抱歉！我们对动物没有兴趣！”珍妮爸爸瞬间又变回扑克牌脸地说：“都已经大学毕业了，怎么还……”眼神中带着鄙视。

话未说完便与珍妮匆忙离开了。

后来几天，Leon找不到珍妮，不知道他们父女俩都去了哪里？是去看了约翰？反正珍妮完全没有打电话来！

又过了几天，倒是接到了Joy的电话：“Leon！嗯……前几天谈到金融界的工作，我想到了！学校里有一位财务金融系的教授，很喜欢投资股票，两三年前透过我长期订阅了一本周刊，内容主要是各个股票一周来涨跌表现的图表。虽然我完全看不懂，但总是听到他在抱怨，那些扭来扭去的走势图形，好像毕加索的抽象画，对缺乏想象力的他而言不具备任何意义。再加上记忆力、观察力都不行，买卖之间，同样的错误会一犯再犯。我想到，他的缺点却都是你的优点，你必定可以在投资的领域中发挥专长！”

“就是称呼你为‘小魔女’的那位教授？”

“没错，就是他！但还有更重要的一点！”Joy欣喜地说：“威廉教授的投资成绩虽然不太灵光，但身边总还是围绕着一群朋友，急着问他股票的未来走势、石油及黄金还会不会再涨……大家永远听不厌倦。他好像随时随地都能像说故事般地娱乐别人呢。这，不正是你梦寐以求的吗？我来帮你问问，或许一向热心助人的他，能对你该从事什么工作有所建议。”

还没遇上一个喜欢“黑猩猩”的老板

听到威廉教授的建议，Leon高兴得彻夜未眠，觉得“投资顾问”不正像是为他“量身定做”的工作吗？于是连续来到两家证券公司自我推荐！

第一位主管一板一眼地回应：“记忆力？这对增加我们公司的业绩没有任何帮助吧？再说，有谁能靠记忆力来预测股价？别闹了！至于‘说故事’，哈哈……下个世纪，如果公司需要这种特殊专才，我会第一个打电话通知你！哈哈哈……”

Leon 垂头丧气地离开了那位主管的办公室时，耳边还听到他止不住的笑声。

第二位主管更夸张，他听到Leon自认为是黑猩猩的后代以及专长是“喜欢说故事”之后，爆笑到连假牙都喷掉在桌上。马上又兴奋地问：“还有其他的吗？”

“还有……”Leon腼腆地说：“嗯……薪水是否能高一些？”

主管一听完，立即把办公室其他十几位同事都叫进来了，请求他从头开始再讲一次，说是“独乐乐不如众乐乐”，好久没有这么开心了！

Leon实在不明白，真有这么好笑吗？Joy说的——应聘的时候一定要实话实说！

接连地被拒，让Leon有些心灰意冷，对于自己究竟是属于哪一种猴子开始有了疑虑。

特别是，就跟上一位会计老板一样，他们似乎都只喜欢“多做事、少说话”的人。

这可糟了，因为“喜欢说话”可能是Leon的天性。

小学时，老师每天都会交给班长七个口罩，凡是在每堂课中“偷讲话”的同学就要戴上一个，以示惩罚。结果七堂课下来，七个口罩总全都戴在他的嘴上。

Joy在听完他求职碰壁的遭遇之后，不以为然地说：“喜欢说话是‘障碍’吗？而且这怎么会是你的缺点？如果说得得体，讨人喜欢，会是别人求之不得的优点呢！”

Leon立即追问：“说话讨人喜欢的诀窍是什么呢？”

Joy：“跟看书的诀窍完全相同，都要学会‘抓重点’！必须了解别人想听的重点，只要是口味合了，你说上一整天别人也不会厌倦！否则，别说是一厢情愿地喋喋不休了，哪怕只是短短几分钟都会被人嫌是讨厌、啰唆！”

“对哦！就是你常常说的‘抓重点’这三个字！”

“是的！”Joy又说：“与任何人谈话，如果能制造话题，引导对方踊跃发问及回应，产生交流，就会成为‘说话高手’了！Leon，我觉得，你有这方面的天分耶！”

“可是……”

“其实，我一直想要恭喜你，今天听起来，你离成功又近了一步！”

“啥？我不懂……”

“答案就在你面前！你没看到，但我知道！因为，一般人求职，很少人会逗得老板如此快乐的！上天赐予了你一种最纯真的乐观个性与幽默感，这种天赋，万人之中都找不到第二个！我有预感，今天拒绝你的人，很快就会后悔的！”Joy安慰他之后，还难得幽默地蹦出一句：“你……你只是还没有碰到喜欢黑猩猩的老板！哈哈哈……”电话中传来她清脆的笑声。

9 华尔街的大门打开了，“芝麻开门”的故事成真了

那天一大早，他走进了华尔街最著名的证券公司，虽然有些犹豫，最后还是镇定地敲了主管的门！

负责公司的这位经理在座位上有些不耐烦地一直在打哈欠，然后懒懒地开口了：“昨天去打高尔夫球，今天有点腰酸背痛，还好当初不知道是哪个天才订下的规则，打一场球就只是18个洞，否则今天就爬不起来了！”

“那您知道高尔夫球为什么只打18个洞吗？”Leon记不得是在什么书上有看过一些关于高尔夫球的小故事，凭着记忆便说：“高尔夫球运动的主要发源地是在天寒地冻的苏格兰，打高尔夫球的绅士们都会准备一个装满威士忌的小扁壶放在大衣口袋里，然后在每一洞的发球台上先喝一口来暖暖身。一壶酒通常可以喝上十八口，喝完之后也就冷到不想再

打下去了!”

丈二的和尚摸不着头脑的经理不耐烦地说:“请立即停止高尔夫球的话题，言归正传，今天来找我究竟是要谈什么？我还有一堆事忙!”

Leon感觉到气氛突然降至冰点，这份工作肯定又泡汤了，既然如此，今天不谈“黑猩猩”了，换个话题聊点别的:“琼斯先生，我注意到您墙壁上挂着一幅灿烂的星空图，您知道正中央那三颗形成一个三角形状，非常闪亮的星星有个特殊名称吗?”

由于又是答非所问，经理的两颗眼珠子开始越鼓越大，像是两颗高尔夫球。

Leon接着说了:“那是难得一见地集合了三个星座中最亮的三颗星星所形成的‘春天大三角’，只有在春季才能让您看到。对了，您知道天文学家将满天的星星分为多少个星座吗?”

琼斯先生终于醒过来了，他急忙回答说:“嘿嘿！我知道这题的答案，简单，就是12个星座嘛!”

“对不起，答错了！是88个星座！除了大家熟悉的12个星座之外，天文学家又为其他的星座分别定名为大熊、小熊、小狮、海豚、狐狸、天鹅、鲸鱼、天猫……还有在星际战争电影中常出现的仙女座！”

“你很喜欢看书？你的名字是……Leon，对吧？”琼斯先生说：“我发现你有很好的记忆力，又有不错的观察力，对了，还有，嗯……说故事的天分！”

“Bingo！因为我是黑猩猩的后代！”Leon兴奋地回答。

接下来，两人居然像是老朋友般地谈天说地。

“我也是一个喜欢看书的人，但总是看完就忘了，显然没有黑猩猩的基因，哈哈哈……但你让我想到，投资理财这个行业，有好记忆，可以记得住所有产品名称，然后将产品用说故事的方式来介绍，客户一定会很喜欢，特别是你一再强调，希望能从早说到晚，那么，哈哈……收入一定会高，你就是我一直梦寐以求要找的人，明天就来上班吧！”琼斯先生站起来紧握着Leon的手说。

“真的吗？明天就可以上班了？”

哇！才不过随口讲了两个小故事，华尔街的“华丽大门”就打开了，“芝麻开门”的美妙故事成真了！Joy的话也同样灵验了！Joy说过：“知识会让你更有魅力，当越来越多人喜欢你，幸运之神自然而然随时会降临在你身上！”

十万本书的魔力

Part 2

第二幕

10 口袋里只剩27美元，勇闯华尔街

上班第一天的大清早，Leon被安排坐在二楼交易大厅第一排右边角落的一个小座位上，正前方的墙壁，高挂着细细一条显示股价的跑马灯，它不断发出嘶嘶的转动声，他觉得很新奇。大厅中，还有七八十位其他同事，每个人都忙着在跟客户讲电话，场面壮观且热闹。

对他而言，那是人生中极为重要的一天，因为，他口袋中仅剩下27美元！没有悬念，必须由这间办公室出发，勇闯华尔街！

没多久，琼斯经理走过来幽默地对他说："欢迎未来的股市巨星光临！哈哈哈……"

接着说："Leon，我说过的，如果你能把每种投资商品包装成精彩的故事来向投资人介绍，包你成功！现在重点是，想

每天从早到晚说故事，总得先找到听众吧！来！我给你一个轻松的任务，每天，嗯，只要打300个电话，寻找未来的客户。”

什么？只要？每天从电话簿上随机拨打300个电话给完全陌生的人“说故事”？但是……他比较喜欢说给认识的朋友听啊！

清晨六点半上班，研究金融行情走势。中饭之后，就开始拨打电话开发客户，打到最后一个的时候，常常都已经很晚了。

为了达成目标，Leon准备了300个一分的硬币及一只小鱼缸，每打完一个电话，就往鱼缸里丢一枚硬币，听到“铿”一声，表示已经交差了。因此，即使遇到对方对他怒吼或挂掉电话，仍会丢枚硬币，还附上一声“谢谢”。

老实说，他很不想跟只差没有亲自跑来揍他的陌生人打电话，特别是当他们听到的竟然是“这种故事”。才试了几天，就很想对这份工作说再见了！但一想到如果就此放弃，岂不是又得回去喝绿豆汤了！天天喝绿豆汤的后遗症很可怕，是胃痛？是不消化？都不是！他最清楚，是……脸都绿了！

于是又立刻打起精神，乖乖地打电话，继续“说故事”。

每天拖着疲惫的身躯回家洗澡的时候，镜子中的自己，嘴角总残留着血迹，这是怎么一回事？原因是话讲多了，再加上晚上精神不振，常常牙齿咬到舌头而不自知。

因此，他常跟朋友说，一个靠打电话开发客户的业务员，每天没有讲到鲜血直流，就表示还不够努力。

半年多了，其实也习惯了电话贴在耳朵上的日子。

有一天，他在晚间九点多，仍不放弃地想拨最后一个陌生电话。当时对方说话有些含糊，仿佛是听到说明天早上一定会来找他。Leon以为是来办理开户，于是高兴地告诉了他办公室地址。但第二天才知道，对方因为早已入睡却被吵醒，准备来公司找他算账，办公厅玻璃大门都被他踢破了。躲在厕所中的他听到外面同事说，那个疯子在大门外一直嚷着："我一定要替Leon彻底'重整五官'！"

因此，每次在与珍妮吃饭的时候，总是心有余悸地叨念："……想要开发客户，有其他更快、更好的方法吗？"

珍妮摇着头说："快捷方式？我父亲最讨厌的就是梦想一步登天的人！吃得苦中苦，方为人上人，各行各业都是一样。你想想看，营销，就是要先'行'动后'销'售，别人怎么做，就照着做，别自认为与众不同！怎么，该不会又想像上一个工作一样，还不到一年就玩完了？"

唉！老生常谈，耳朵都长茧了。

做业务？先搭建可以表演的舞台吧

珍妮平常跟Leon在一起，总会被他的幽默风趣逗地哈哈大笑，乐不可支。但只要话题一转到工作，欢乐气氛就像慢慢才爬到了顶峰的“过山车”，猛然直坠而下！因为她一直认为Leon是个不安于现状，喜欢胡思乱想的人。

但是Joy却说，不安于现状，是求新、求变的动能！胡思乱想是一切创新的起源！

她们两个人的想法是“传统派”杠上了“新潮派”？

由于急着想突破工作瓶颈，是属于新潮，他比较想听Joy怎么说。

电话中，Joy一点也不意外：“Leon! 你干脆直接说，你不喜欢老是打电话求人，而是希望别人反过来打电话找你，对吗?”

Leon很想直接说“正是”！但很怕Joy也会跟珍妮一样，认为他“梦想一步登天”。

没料到听见的是Joy大大称赞：“你拥有一颗追梦的心，早已胜过太多无梦的人！而且，这个梦想并不过分，这样才能达到很不一般的营销境界!”

Leon喜出望外：“是的、是的……我本来还担心你会骂我，以为我只是想逃避现实呢！”

Joy叹了一口气说：“我若是不了解你，也会误认为你不安分守己！你是一个不满足于只维持现状，脑筋一直在运转的人，这种个性会使你在看似已经逐渐步上轨道的工作中，仍然不断寻求突破，想走与别人不同的路。这其实是积极进取型的工作态度，说明你是一个与众不同的人，值得鼓励。想突破瓶颈，当然要有新构思！”

Joy接着又说：“前一阵子听到你说，运用‘记图法’来预测股票的走势真的有效，同事们对你的神预测都很讶异，如果能让更多人知道你有这套本领，就……嘿嘿……变成别人打电话来找你了！”

“真的吗？如果是这样，那我连做梦都会笑啷！但要怎么做？你该不会建议我花钱买广告来自我宣传？”

“别闹了！花钱是买不到尊敬的！你拥有超人才华，但缺乏曝光机会，解决方法不就摆在眼前吗？快去搭建一个表演舞台吧！”

每次Leon遇上问题，所有朋友照例都是束手无策，只有Joy，总能蹦出一些想法，而且她有一个口头语——**答案就摆在你面前！**

“舞台？你要我去表演？”Leon有些疑惑地问。

电话中，Joy深思了一会儿，然后说：“必须曝光！或许你可以先出书？办演讲会？让我再想想看……说不定还有更好的选择。但原则不会改变，想让别人主动来找你，就必须站上一个有一万只灯光照射着你的舞台，好好表演！”Joy慎重地说。

不要以为机会只是留给“准备好”的人，它会先送给“去找它”的人

一个星期后，Joy很兴奋地来电说：“记得那位建议你到证券公司去应聘投资顾问的财务学教授吗？”

“当然记得！威廉教授！”

“每一本他看过的股票周刊，你当时不也几乎都完全背下内容了吗？听他说这本杂志在证券圈相当有名。威廉教授还说，他每年都会参加这家杂志社举办的年度股票投资大赛。”

“成绩如何？得过奖吗？”Leon很好奇。

“他的嗓门很大，如果得过奖，远在图书馆1英里外就会听到，但是至今为止……哈哈！”Joy又说：“巧得很，威廉教授昨天提到，今年度的比赛就要来临了，我建议你立刻

去报名参加!”

“参加比赛?”Leon有些畏缩:“下次吧?等我准备好再说!”

“什么叫作准备好?是要再等三年、五年?”平常个性温和的Joy,却在电话中激动地扯开嗓子喊道:“‘等准备好’及‘下一次’都是大多数人在为‘不敢’找借口!”

她停顿了一会,感叹地说:“不要以为机会只是留给‘准备好’的人,它会先送给‘去找它’的人!”

Leon了解她的意思:“我们应该大胆地去追求,甚至要去创造出机会!”

“当然!”Joy说:“想一展长才要有作为!要先闯出去,才有可能擦撞出幸运的火花!”

……

11 一声鸣笛，各方高手在“选股大赛”中正式展开殊死战

杂志社举办的选股大赛终于在成千上万投资人的引颈而望中来临了！

当天参赛者足足超过100位，其中不乏著名大学的财经教授，还有股市名人，能见到他们本尊真是幸运，听说他们各个都有独门选股秘诀呢！

忽然，比赛大厅中一片哗然，因为有一个身材矮小的人，高仰着头一副目中无人的样子还十分招摇地走了进来，后面还跟随着一群粉丝。打听之后，才知道他就是上一届的冠军，是一家投资顾问公司的首席分析师，还真跩得很呢。

这位神气活现的对手拥有一门华尔街前所未闻的绝

技！听威廉教授说，他原本是位音乐老师，如今转行股市后，居然成为一位常在各大媒体频频预言股市行情的名人。他本身非常喜欢各种音乐，经常自己谱曲。听说，他在办公室中总是戴着耳罩一边听音乐一边研究股票图形。因为当他看到某一只股票的股价上下波动时，会很快联想到某一首曲子，如甲壳虫乐队的热门音乐甚至有贝多芬的《命运》交响曲，因为在他看来股价的波动与那些音乐当中的高低节奏有吻合之处。在所有乐曲中，他又认为巴西的桑巴舞曲，热情洋溢却又有特殊规律的节拍因此最能与股价走势相互印证。他发现，一只股票的走势图只要与某一首歌曲在五线谱中的跳动音符吻合，只要将音乐节拍拉长，就会跟股价的行进节奏吻合。他更厉害的是有一套独特的记谱法，能熟记每一首曲子由低音转到高音或是由强转弱的各个转折点。这些转折，据坐在Leon旁边的会计师参赛者说，也常与股价的突发变化一致。这位先生也曾在一次媒体访问中说："一个既不会跳舞，又不懂音乐的人，缺乏节奏感，绝对不适合玩股票！"

Leon 知道，他今天即将与这位怪咖正面交手了。而可怕的是，这位戴着耳罩，左摇右晃的一副正在享受音乐模样的两届冠军，靠的似乎是另类的记忆能力呢！Leon不由自主地打了一个寒战。

比赛的规则很简单，先由主办单位在现场以随机方式抽选出100只股票，大家必须在3个钟头之内，从这100只个股中选出一只，做一场为期仅一个月的比赛，谁能选出在接下来20个交易日之后涨幅最大的个股，就是这场年度大赛的冠军！

一声鸣笛，定时器正式倒计时，比赛开始了！

高手过招，只见那些死忠于基本分析的“价值投资派”，一手忙敲计算器，一手捧着会计准则，埋头计算各项财务比率，只为找到具有“内在美”的绩优股！

至于笃信“消息派”的参赛者，拼了命地想在短短时间内搜寻出公司产品近期的营销报道，连身旁的秘书、助理也都急着帮忙打电话到各家公司打探“内线”消息。

由于参赛者每人桌上都有一台由协办商提供的计算机，“技术分析派”的“星探”，则是有模有样地用“放大镜”检视每只个股的走势线形图，期待挖掘出一只具有曼妙曲线的“明日之星”。

而Leon呢？他是属于哪一派？

有别于传统的技术分析，他靠的是“记忆”，靠的是“印象”，对哦，是“黑猩猩印象派”！

“买进”比“卖出”重要十倍

回想一年多前……

在那个思考未来出路、无所事事的三个多月里，Leon成天泡在图书馆研读威廉教授看完之后丢下的，累积已有两三年的股票周刊。

Joy不懂股票，但她记得威廉教授常说：“股价怎么上，就会怎么下！”

因此问说：“一般人对于这句话不会特别注意。但喜欢看书的人，常会对一句看似普通的话再三思考，Leon，你联想到什么了吗?”

Leon边想边说：“这句话的重点大概在于‘怎么’这两个字！要研究的就是看似简单，但大多数人并不知道的‘怎么’！”

“跟我想的完全一样！”Joy很高兴地说：“你的观察力与记忆力这么强，别浪费了这么宝贵的天赋，相信有一天，定能把‘怎么’这两个字所蕴藏的秘密找出来，加油吧！秘密一定是藏身在股价图形当中的。”

Leon忽然感到兴奋：“嘿！我也是认为股价图好比是藏宝图，连你有时也会盯着这些图形发呆，是发现了什么秘密吗?”

Joy笑着说："你太高估我了，我既不懂财经，更不懂股票，它应该是一门高深的学问。不过，从一座又一座，上下起伏如山坡般的股价图形中，有一个小小的发现，称不上秘密，那就是买股票，要很有耐心，等待某只股票惨兮兮地跌到了谷底再出手，便有翻身大赚的机会；如果是买在已经涨了一大波的中间，或是来到了看似接近山顶的高点，遇上向下滑落的概率自然就增大了！结论是——**买进比卖出重要！**就是要捡到便宜才能买啦！至于什么是真正高点？什么是相对低点？我可不是什么专家，你自己快去研究吧！"

买股票同样须注意"位置"

"喔，买进比卖出更重要？"

"当然！你想，买进——必须立即将辛苦赚来的钱从口袋中掏出来，这还不重要吗？"

Joy又说："这不跟找工作的原则是一样的吗？一开始的方向最重要！你瞧瞧那图形，如果是买进在向下坠落的漫长过程中，只能在暗夜中含泪期盼太阳快快升起来了！"

喜欢涉猎各种知识的Joy，已经了解到股票是很情绪化的，不要随时去招惹它。她还像个专家般地说："股市中，大多数人会赔钱，绝对是因为轻视了‘买进的重要性’，想都没想，就把钱大方地送给了那些‘已经等你很久’的困在山顶的人！正确的做法是，先花个几分钟的时间，偷瞄一下过去一段时间这只股票的走势图，就能清楚知道股价是处在什么位置，然后盘算赚钱概率，才能掏钱。你瞧，买房子大家都知道‘位置’的重要性，买股票同样也是要注意‘位置、位置……还是位置’啊！”

Leon称赞了Joy的观察力之后也有所感：“对啊！看遍所有股价图，若是买在不高不低的半山腰，向上向下的概率就会变成各占一半，那不就好像是在掷铜板猜正反面，变成赌博了吗？”

Joy抿着嘴笑着问：“你的观察力更强，还注意到什么吗？”

Leon哈哈大笑：“我们两个门外汉，居然摇身一变成为专家，正在投资论坛上发表高论了！”

“价格”比“价值”重要——不要跟股票谈恋爱

Leon接着说：“我有两个小感想，随便说说啦！第一：你看，即使我眼前是个大名鼎鼎，业绩耀眼，符合‘价值投资’条件的公司，最近一两个月的股价一样是大起又大落，会吓得你腿软！想象你现在正坐在‘过山车’上，如何才能将害怕降到最低？没错，最好是‘全程’闭上眼睛！买进股票后想做长期投资的人呢？是的，也要做到‘长期’闭上眼睛！第二：若做不到上面的第一点，对只想炒股玩玩的人而言，近在眼前的‘价格’要比远在天边的‘价值’重要十倍！我完全同意你刚才的说法，买股票，对绝大多数的人而言，**‘好价格’的时机来临，才会有‘好价值’的出现！**大家都知道，谈恋爱，必须具备‘天时、地利、人和’才能成功，买股票也一样，千万别在不适当的时间、地点去跟股票谈恋爱，那只会是‘落花有意，流水无情’的结果！哈哈……我最后的看法是，随便翻看任何公司变化万千的股价图形，学到了——想要短线致富，就最好先去医院检查是否真有一颗比别人更强大的心脏。所以呀，就把股市当成个‘游乐园’吧，小小地玩一把，可以增加每天的生活乐趣，不也很好吗？难怪威廉教授总是乐此不疲呢，哈哈……”

“正常”人不可能在股市中存活

话虽如此，但Leon心想，连完全不懂股票的Joy，只看图形，都有了概念，这可是大大激发了他想一窥图形奥妙的决心！

Leon对周刊中各式各样的股价图形有种似曾相识的熟悉感，并且确认，它们就是——忠实反映投资人在股价涨跌之间情绪变化的一面镜子。进一步看，股价短期常像只无头苍蝇，但长期总会各自找到回家的路。其实，这就是威廉教授所说的“怎么上就会怎么下”，不过，他没有去深入观察其中漫长的上下过程。

Leon猜想，略懂技术分析的人，大概都只想由摆在眼前的图形来推测未来的趋势，这简直是异想天开！研究线形，不能偷懒，必须将它们过去的所有变化，全都深记脑海，将来才能借由过往，预知未来！

但是，“过去”是多久呢？

Leon有心得了——越久越好！由周刊中的图表验证，至少要牢记过去半年甚至一年以上的长波段图形的变动规律。

在那个计算机还不发达的年代，他只得辛苦地把过去周刊中的图形依时间顺序一张张地剪下来，然后串联，再平摊在图书馆角落的地板上，趴着仔细观察其中的变化，接着就是最重要的功课——记忆、记忆、再记忆！

3个月下来，除了膝盖疼痛无比，竟然不时地出现莫名的耳鸣。每次只要开始用心记忆，双耳中会立即出现唧唧蝉叫。还不止呢，会夜夜梦到一只又一只的个股过去一年来浮浮沉沉的走势。第二天起床后，常有晕船征兆，连站都站不稳。

Leon在图书馆中跟Joy详细描述了这种后遗症。

Joy上下打量了他一番，然后平静地问："你是个正常人吗？"

"当然是啊！"这是什么问题呀？他觉得Joy的眼神怪怪的。

"那你可要注意了！"Joy说："看你每天这么认真地在学习，我也看了几本有关投资方面的书，其中一句话非常有趣——只有'不正常'的人才能在极端情绪化的股市中生存！因为你天天都必须与绝大多数拥有正常想法的人背道而驰！现在，你身、心终于开始出现了明显变化，可能已经变成一个不……"

听完Joy说的，两人笑成一团！

他在伸手不见五指的股海中，点燃了一盏明灯

终于，经过反复测试，在自己选出能代表各个行业的十只个股图表中随便挑选一只，翻到其中任何时间点的一

页，脑海中就能浮现出它前面以及后面几页的图形变化。Joy起初不太相信，特别将图形制作成幻灯片，在投影机上与Leon再三验证。

Leon分别比对这十只个股的同类其他股，它们的股价，短线虽然会受到个别因素影响，涨跌不一，或是有时间落差，但人性面临大环境的反应不会改变，接着的趋势变化不会脱轨！换句话说，即使同类个股短期出现5天或10天的分歧走势，但时间一拉长，最后仍然殊途同归！

这代表什么？代表只要牢记这十只个股的走势，就可以闻一知十。他终于在伸手不见五指，又充满陷阱的股海中，点燃了一盏光芒四射的明灯！

在图书馆中苦背图形的时候，根本没有想过自己有一天会进入华尔街。当时，Joy只是经常鼓励他，不要辜负了"好记忆"的天赋，要不断地自我训练，将它转化为一项专长，这样将来在工作中，迟早会有派上用场的机会。

万万没有想到，这个机会竟落到了华尔街，而且就出现在眼前了！

……

"养兵千日，用在一时"！

比赛那天，Leon闭上双眼，努力发挥记忆力时，一双耳朵中的两只蝉又开始合鸣了！

糟糕，他又有晕船的感觉了！但瞬间，脑海中各种图形开始像跑马灯般地运转。他全神贯注地闭目沉思，半个小时后，他恍然发现，在比赛单位指定的100只个股中的一只，它两年半前股价曾经扶摇直上，最后出现了犹如一只庞大骆驼背上的双峰图形。但就在巅峰期后，开始不断反转下跌，最后终于倒地不起！两年来，它早已变成一只昏迷不醒的‘植物’骆驼。但就在最近，图形出现了并不起眼，小小的‘颠倒双峰’图形，与两年半前它在高档形成的双峰比较，发展过程完全‘相反对称’。这对Leon而言，如获至宝，因为它与过去不断在他脑海中浮现的一段特殊图形完全吻合，也清楚地记得后面接着出现的是——骆驼终于苏醒，又站起来了，一波意想不到的飙涨行情再度出现。毫不犹豫，他选中了它！

大家给他取了一个有趣的外号——股市神童

一个多月后的一天清早，才刚跨进办公室，琼斯经理就跑来恭喜Leon了："看了今天的报纸没?"他急呼呼地说："你已经是大明星了耶！报道说，你虽然只是华尔街的新人，却不可思议地胜过了各方名家，赢得了股票大赛！”原来Leon在比赛中，选出来的那只个股，在短短的三个礼拜中，大涨了35%，比起第二名的个股，多涨了一倍呢！

透过媒体的报道，Leon一夕之间在当地的证券圈已经小有名气，大家还给他取了一个有趣的外号——股市神童！

不久前，他还在夜以继日地打电话自我介绍，现在，办公室中每天挤满了由四面八方慕名而来的客户，主动打来的电话更是响个不停。只不过短短的一个月，业绩已经冲上了办公室中的第一名！

经历了这一场比赛，Leon再次体会到，每次向珍妮请教问题，得到的是无解的“问号”？但到了Joy那边，就变成“惊叹号”了！

Joy确有先见之明，因为她在赛前便说：“职场竞争激烈，想有收获，不能被动地坐在哪儿等兔子撞树，要主动跑出去寻找伯乐！”

直到现在，Leon才第一次在职场中有强烈的感觉，自己在正确的路标指引下，已经离高速公路不远了！

12 鼓足勇气，与老板搭乘同一部电梯

业绩虽做得不错，但在总公司五万名员工中，只能排名第五千名，想更上一层楼，该怎么走?

Joy在电话中跟他说:“更上一层楼?你必须去认识更重要的人!问题是，你敢不敢?”

Joy的确常提到，踏入社会，脸皮太薄，闯不出什么名堂!成功或是失败，就取决于“敢或不敢”!

“你的意思是去向高层毛遂自荐?”

“没错!常听你说，那位约翰从未停止抱怨‘怀才不遇’，却没有采取实际行动来让自己‘怀才有遇’，因为他不敢!”

“我懂了!谢谢!”Leon当然懂得Joy要他做什么，于是挂了电话。

他早已注意到，清早上班，完全没有一个人愿意与公司西半球的总裁同搭乘一部电梯上楼，害怕尴尬地与老板四目相视，当然是能闪就闪。他总是看见总裁一个人，孤零零地面对内侧，站在电梯里面。

显然，身为大人物，表面看来风光，其实格外孤独，比小人物更需要关怀。

有一天，Leon虽然万般紧张，心跳也超过一百，但还是跨进了只有总裁一个人的电梯。

“总裁早安！”Leon先递上一张名片，然后鼓起勇气说：“我最近参加股票比赛得到冠军，一直想找机会向您汇报，希望有机会能请您吃饭，分享得奖的快乐！”

“你是……喔，恭喜你！”总裁先是大吃一惊，然后看着Leon的名片，面带笑容地回说：“你为公司争光，应该由我来请客！”

Leon踏进电梯的这一小步，竟然成为日后职场前进的一大步！

“Leon！”有一天，琼斯经理又“飞奔”到他办公室，一脸惊奇地通知他：“西半球总裁要约你去他家吃饭呢！奇怪了，他怎么可能会认识你？总裁可是公司中的大红人，想要升迁，必须要好好把握！喔……对了……可别忘了也向他提到我哦!”

一顿晚餐，改变了他的命运

星期六的傍晚，Leon与身着粉红色小洋装，打扮得格外亮丽的珍妮一同应邀来到总裁爱德华在山丘上的豪宅，他们两人犹如一对金童玉女。

当天还有好几位贵宾，从举止、穿着来看也是顶层主管。Leon夹在其中，自觉有些格格不入。

总裁手举着一杯红酒，一直在跟那些来宾交头接耳、聚精会神地讨论之后高尔夫球聚会的时间与地点。Leon 插不上嘴，只能和珍妮静静地坐在客厅角落翻阅杂志。

晚餐已经进行到了最后上甜点的阶段，Leon除了跟坐在身旁的来宾寒暄了几句之外，根本就没有插嘴谈谈自己理想与抱负的机会，眼看自己辛苦背了一个星期的“演讲稿”就要泡汤了。但是，**人生有时真像股市——机会总在绝望中诞生!**

因为总裁夫人频频称赞珍妮长得漂亮，很符合自己心中所想象的东方美。

于是一桌人又将话题转为审美。有一位来宾的夫人侧身好奇地问珍妮：“东方与西方的审美观是否有不同之处?”

珍妮愣住了，不知该说些什么。

机不可失，Leon抢着替珍妮解围：“我认为，要充实知识、丰富内涵才会培养出气质，内、外在的美必须兼具，才能绽放出女人最迷人的魅力，东方、西方、全世界都是一致的！”

“哦？非常有趣，但是，气质、内在美……是很抽象的，不是吗?”餐桌上的贵宾几乎是异口同声地问！

“博学多闻会启发智慧，智慧能酝酿出气质！”

于是，他把Joy说过的西施故事又讲了一遍。

没想到，餐桌上突然变得宁静起来了，因为大家已经沉醉在他那带有画面的故事之中，也跟着Leon一起回到了二千五百年前的春秋时代！

过去，Joy就常称赞说：“Leon！你的口才比我好，看书也过目不忘，说起故事来会更吸引人呢！”

自从总裁知道Leon口才一流，很会说故事之后，只要一有餐会，都会邀请他当特别嘉宾。不久之后，更正式提拔他为分公司的总经理，那个职位，普通员工常要等上二十年呢！

Leon庆幸那天鼓足勇气在电梯中短短二十秒钟的毛遂

自荐，果真为自己创造出了奇迹！

他又不禁想起了Joy说的：**“能提拔你的人，不是每天跟着你一起发牢骚的同事，而是你的老板！”**

做对工作，会“吹着口哨”起床

Joy在不久之前，来电道贺：“Leon！好久不见了！听威廉教授说，你的确是走对了路，在证券界做得有声有色啊！真是恭喜！从现在起，得改由我来请教你了！”

“啊！不敢当！我才正要谢谢教授还有你这位大恩人呢！”

Joy随即便问：“我一直都想知道，一个人在工作中走对了路，会有什么感觉？像是在天空中飞翔的那种轻飘飘的……还是……”

“感觉？”Leon想都没想就脱口而出：“你知道吗？感觉真愉快！每天早上都会吹着口哨起床呢！”

“你还是跟以前一样幽默！”Joy呵呵地笑着说。

Leon是据实回答的：“从来没有想过！以前在做会计的时候，早晨闹钟起码要响个三次，连隔墙邻居都来敲门骂人了，才不甘不愿地爬出暖和的被窝。现在，每天早晨只要一睁开眼，就会快乐地吹着口哨，哦……有时候是哼着歌，等不及地想去上班了！”

“嗯，我也认同，早晨睁开眼睛的那一刹那，能最自然地反映一个人的真实心情！”Joy如获至宝地说：“这就是我想象中的‘乐在工作’！以前常听老一辈的人讲什么……工作就要吃得了苦……要任劳任怨……如果是这样，表示还没有走对路，否则，即使是做着最艰困的工作，也不应该有丝毫‘苦’的感觉。”

Joy观察入微。她说：“任何人都一样，能够乐在工作，再加上遇到了欣赏自己的老板，可以省去爬楼梯的辛苦，直接坐上电梯。”

Leon更是同意：“很多人不喜欢听到‘一步登天’这四个字，那是因为他们自己从未在工作中遇过。”

一年多之后，Leon已经成为公司中最年轻的区域副总裁了！

……

13 舞台灯光亮了，终于，表演时刻来临了

爱德华总裁有一天打电话来说："Leon！业界每年都会举办一次很有深度的投资研讨会，我大力推荐你来担任这次会议的演讲者，因为投资界的大老中有几位听说你曾经在投资竞赛中，以超人的记忆力，从过去走势准确地推算到未来，因此颇为好奇。反倒是我们的大家长布鲁斯，因为还没见过你，稍有犹豫。毕竟，这次的来宾，都是华尔街重量级的人物，包括上市公司的CEO、证券公司的老总以及眼睛长在头顶上的基金经理人……当大家期待太高，万一……"

爱德华咽了咽口水严肃地说："Leon！虽然我对你充满信心，但难免担心你的资历太浅，讲题又深，小心别砸了公司的招牌喔！"

这一次研讨会的主题是针对石油、黄金以及世界货币这

三项金融产品，由于最近它们的走势诡异，有关报道占满了媒体版面，是深受投资人瞩目的话题！

自从进入华尔街以来，Leon一眼就盯上这三大金融商品，也不断仔细观察、比较它们长期以来的价格变化。最后，他悟出——这三项商品的确有其特殊的涨跌背景，但比起成百上千只走势各异的股票而言，根本算是“乖宝宝”，要记住它们过去十年来的价格变化，找出规律性，对Leon来说简直易如反掌！

但遗憾的是，大会临时决定将Leon半个小时的演讲缩短为20分钟！

Leon并不介意，也不意外，华尔街的显赫人士根本没有把他当一回事是很正常的。他此刻只记得Joy常说：**“上台表演靠机会，一鸣惊人靠智慧！”**他一定要好好把握这难得的上台机会，20分钟，足够了！

研讨会当天，冠盖云集，一走进会场，就能感受到与平常大不相同的氛围。只见爱德华总裁不停地擦拭着额头的汗水，Leon知道是为什么。

他准备好了，要在200多位华尔街大亨面前“说故事”，时间很短，必须一鸣惊人！

负责介绍Leon出场的主持人，是一位极负盛名的经济学教授，他本人是专栏作家，也是华尔街公认的专家。

他先说明今天要谈的第一个主题是“黄金未来的走势”。1977年的黄金价格才不过100多美元，但在演讲会前的三四个月，也就是1980年1月左右，竟然一路飙升到了850美元，随后便开始暴跌，现在，终于出现了一波众人期待已久的反弹。

主持人开门见山地问：“黄金持续了12年的牛市已经结束了吗？或者现在是进场低接的最佳时机吗？”

Leon站上舞台准备一显身手了！

令众人惊讶万分的“熊市定义”

“我很确定！黄金已经正式步入‘熊市’，现在只是因为跌深了才出现短暂的反弹，但任何反弹只是让你‘逃命’的机会，现在去捡便宜会变成捡破烂……”还没说完，忽然有一位西装笔挺的银行家礼貌地站起来提醒：“我原本不想打岔，但你口气这么肯定，希望预测有所根据，不是信口开河，也请掌握发言时间！”

有所根据？Leon不免笑了，历史就是最好的根据！只要是观察过的任何金融商品，他都能熟背出它们长期以来的趋势变化。还没有继续讲下去，台下已经乱哄哄的了，大家似乎已在交头接耳地发表不同看法。

Leon镇定如常地说：“当黄金在一个月之内就下跌超过12%，已经亮起了黄灯，一旦跌幅大于20%，时间又超过3个月以上，当这3种条件完全吻合时，就是我研究出来，一个熊市的开端！”其实，Leon已在华尔街率先观察到了“牛市转为熊市”会先后出现这三个步骤！

“说得太快了，没听清楚！”台下有人响应。

“好的，我再重复说一次”，Leon大声说：“无论是黄金、石油、原物料等重要金融商品，甚至是股市，当以下3个状况先后出现，就要注意了：

第一，指数或价格单月下跌超过12%！

第二，它们连续3个月下跌不休！

第三，指数或价格已经由牛市的最高点下跌超过20%。

这表示‘熊市来临了！’”

说到这里，台下又是议论纷纷。接着，一位穿着粉红色衬衫，大花格子西装，一副财大气粗模样的老板，跷着腿，坐着大声叫问：“这几天金价已经明显出现了反弹，你敢说它完全没有机会回到过去的牛市吗？”

“前辈！我认为机会渺茫了，因为它错过了急救期，躺在ICU已经超过了3个月！除非，现在这个反弹能一口气冲破850美元，再创下新高。请问，这种概率大吗？”

油价“物极必反”？天才论点，一鸣惊人

又是一阵吵吵闹闹，没想到华尔街的大亨们看法跟散户一样，各吹各的调。

才第一个主题发表就用完了20分钟，主持人赶紧宣布必须进入第二个主题，也就是油价了！

Leon铿锵有力地说：“油价去年开始不断上涨，今年来到30美元的时候，全球民众终于感到恐慌，媒体纷纷以‘准备与高油价长期共舞’为头版标题，大肆报道。甚至有专家预测，油价每桶迟早会涨到50美元以上！当时大家已经一致认同，油价只会涨不会跌了！那么，我现在要大胆地说，油价在3个月之内必定大跌！”

这时有一位石油公司的负责人不悦地举手发问：“人类对石油的需求只会增加不会减少，而地球上石油储量却只会减少不会增加，你的看法很奇怪，是刻意标新立异吗？还有，3个月内下跌只是随便乱猜的吧？”

随便乱猜？Leon 紧盯大型商品行情已久，早已抓到它

们价格波动的规律性。他自信满满地回答："首先，依据我对全球油井的观察与估算，石油储量比传说中的要多得多，之后的50年甚至100年都不用担心！它现在的价格上涨全是因为投机大户借机炒作造成的！怎么上就会怎么下！"

接着又说："包含股市在内的任何金融商品，一旦所有人认定会涨，3个月之后出现崩盘的概率极大。这就是我所发现价格会物极必反的'三个月现象'！"

"外汇市场"的波动，很像一个钟摆

研讨会现场，突然安静起来了，无论是否赞同，显然有越来越多的人觉得Leon的新奇论点是有些道理的！这时主持人走到麦克风前说："Leon！油价、金价可能都有迹可循，但对于世界各国的货币政策，你该不会又有什么惊人的见解吧?"

"当然有啊！"Leon的坚定回答引来台下一片笑声！

他侃侃而谈："我每天仔细观看外汇市场的交易，觉得货币价格的波动很像一个钟摆，会永不停止地左右摇摆，通常摆动幅度相当规律，但遇上突发事件，就会跟着加大摆动幅度。世界主要货币国，为了配合出口与进口的自身经济需求，在一定范围之内，会调控升贬，而这‘一定范围’，大约是10%！他们了解，本币过于剧烈地贬值或是升值，会影响到经济的稳定。各位贵宾，我注意到，目前喜欢浑水摸鱼的国际大鳄越来越多，炒汇，会令投资人产生不安情绪，造成汇率价格出现非理性摆动，但15%是能容忍的极限，贬值过了头，就会是你们捡便宜的好机会。同理，增值若快速超过15%，迟早也会贬回来！这方面，你们才是真正的行家，该如何操作，以后要由我来请教各位了！”

会场爆发出整整一分多钟的热烈掌声！原定20分钟的演讲，却在大家激烈讨论之下，让Leon做了一个多小时的报告！

言论发表完后，大老板布鲁斯，率先直奔上讲台，激动地拥抱住他！

第二天，在布鲁斯的办公室中，他很高兴地说：“Leon！你的演说出乎大家预料的精彩，真没想到你的天才论点会令这么多权威人士衷心折服！我认为，最大的关键在于你全场掌握了大家想听的重点，说服力又这么强，你是怎么练就出这套功力的？”

Leon 谦虚地说：“谢谢！”

其实，他心中想说：书看多了，自然就会抓重点！

很快，Leon也成为布鲁斯办公室中的常客，因为他也喜欢听Leon说些前所未闻的故事。

到世界上最炎热的地方去卖毛衣，你有本事吗

有一天，布鲁斯若有所思地走进Leon的办公室，他开头便问："如果我派你去全世界最炎热的地方卖毛衣，你有什么想法?"

"我不懂您的意思？如果是命令，当然得去!"Leon站起来恭敬地回答。

"喔！你误会了。"

原来老板正在苦思考题，答案只能二选一，准备用在下星期分公司总经理候选人的面试上。因为候选人都是像Leon一样，由最基层的业务员做起的。布鲁斯好奇大家将如何回答？也想知道最佳的答案会是什么?

"我认为会有两种答案!"Leon很肯定地说。

"哦，哪两种?"

" 第一种答案出现的概率最大。大多数人为了讨老板欢心，会脱口而出——没有问题！身为业务员，要敢冲，无论遇到什么状况，我必能克服困难，完美销售!"

“这种回答好吗?”

“行动派的人，有勇气，够资格做业务，但若不思变通就莽撞地往前冲，就会犯了业务员常有的毛病——夸大不实。”Leon分析。

“第二种答案呢?”

“这部分人想让老板欣赏自己是个有头脑的人，因此说——先冷静分析，在不适合的地方卖不适合的产品，可能事倍功半，必须考虑周全!”Leon说。

“这种回答恰当吗?”

“理性派的人，想得太多相对缺少冲劲，可能会——未战先败!”Leon大胆预测。

“那你会怎么回答呢?”布鲁斯翻起了手掌，指着Leon问。

“哦，老板！不会吧……轮到考我了?”

“你一向有丰富的想象力，可能会有第三种答案?”

“如果我被问到这题，”Leon毫不犹豫地说：“答案是——我不能保证会有佳绩，但机会难得，当然愿意去！我一直在寻求一个考验自己的机会，如果连那种恶劣环境都打不倒我，表示我可以成为人上人，到任何地方都能成功!”

布鲁斯站起来了，他拍拍Leon的肩膀说：“爱德华跟我都认为，这是个没有两全其美、谁对谁错的问题。我们想根据面试者的直觉反应来了解他们的工作态度。我很喜欢你发自内心的答案，你具备我们喜欢看到的领导气质！”

……

十万本书的魔力

Part 3

第三幕

14 Steve，你有获得老板赏识的三种能力吗

人生如戏，Leon凭着自己独一无二的专长，短短几年，从一个小会计一跃成为华尔街的风云人物。

一个周末的下午，在一家大型商场，他与久别的Steve不期而遇。

Steve兴奋地握着Leon的手说："前阵子我在回吉隆坡的飞机上随手翻阅杂志，居然看到关于你的报道，我最喜欢'跟老板搭同一部电梯'那个故事。真是万万没有想到。唉！这个约翰，他从头到尾对你看走眼了。哈哈……"

"你自己呢？工作顺利些了吗？"

Steve急着诉说："刚进公司时，我认为自己就是个普通人，只要不出差错，稳定工作一辈子就好。但你知道吗？公司去年决定开发亚洲业务，总经理任命唯一来自亚洲的我担

任新部门的经理。我本来以为是喜从天降，却没料到高升也有麻烦。我的上级，也就是公司的副总，对我怀有偏见，总是认为我不够资格。而我缺乏的就是你讨老板欢心的种种创意，与上级的关系陷入了僵局。如果不能改变现状，我就只好退回原位，永远当个小职员了。莫非是老天爷的安排，让我遇到你？快救救我吧。”

在果汁吧，Steve不停地抓耳搔腮，显示出他心急如焚。

于是，Leon放下了手中的柠檬汁，对他说：“我回顾自己的经历，觉得在工作中若不能及时培养出‘敏锐的观察力’‘丰富的想象力’与‘正确的判断力’，就不容易得到上级的赏识。在力争上游的过程中，一定要为自己创造出‘被利用’的价值。”

Steve 搞笑地连忙起身向Leon举手敬礼：“我要问的就是这个。学校的老师从来没有教过我们，今天遇到真正的‘老师’了，你一定要说清楚，讲明白。”

Leon忍不住笑出声：“好了，别闹了。我说点心得——想获得老板赏识，要具备三种能力。”

“第一，观察力，观察出老板追求的目标是什么。”

“第二，联想力，为老板设身处地地着想。”

“第三，判断力，判断要怎样替他分忧解劳。”

“可是很难做到啊。”

“听起来难，其实简单。只不过是换位思考，将心比心。”

Steve听得入神，也陷入了思考。

凡事顺利的萝拉失恋了

星期五的下午，Leon准备下班了，办公桌上的电话响了。

“是一位萝拉小姐打来的，说是你的同学，要接吗?”Leon的秘书珍妮弗在电话中请示。

“什么？是萝拉？快接进来!”

萝拉在电话那头说：“Leon，我的老板是你的忠实粉丝。他非常欣赏你常对一些金融产品有‘惊人’的看法。”

“好久不见了。萝拉，你好吗?”

“我在工作上非常顺利，几个月前升任了部门经理。”

“工作以外呢？对了，你不是说和一位一直很崇拜的学长在一起了吗?”

“我们……”萝拉瞬间声泪俱下，上气不接下气地在电话里说：“吹了。”

“怎么回事？先别哭，慢慢说。”

“那个可恶的负心汉背着我和别的女孩好了，把我甩了。一个月下来，我瘦了五公斤。现在，我每天失魂落魄的，快崩溃了。”

天啊！Leon认为感情的问题比股市复杂百倍，一下子不知如何接话。他忽然想起，以前Joy在图书馆安慰过一位失恋的同事。他觉得她讲得蛮有道理。

于是，Leon清了清喉咙，像个专业爱情顾问般地说：“萝拉，你听过‘有失就有得’吗?”

“但我真的不想失去。”萝拉的声调平缓了一些。

“我了解失去的痛苦。但是，在这个世界上，有很多事情是我们无法控制的。感情就是其中之一，因为牵涉到另外一个人。其实，从另外一个角度想，你必定会得到一个上天赐予的好机会。”

“什么好机会?”

“遇到下一位更好，更适合你的男朋友。”

“嗯，嗯……”

“我认为，**没有经历过困难才是人生最大的损失。有了‘失去’的体验，才会成就未来的‘得到’**。你看，一个从未尝过失恋滋味的小说家很难写出感人肺腑的爱情故事；一个不曾失意、潦倒的生意人不可能创造伟大的企业。”

萝拉说："你知道的，我很好胜，又是一个很挑剔的人，好不容易……想找到如意的下一位太难了。我现在的感觉是失恋加失意，快得抑郁症了。"

"失恋加失意？"

"对。"

"萝拉，请听我的建议。"Leon说："将标准放低，我保证你很快会交到新朋友。还有，将格局放大，你会感谢那个曾经背叛你，不疼爱你的人。"

"女人不崇拜，男人不疼爱"——爱情已经不存在

"最后一个问题！"似乎还未完全死心的萝拉追问："如果有一天，他在外面玩累了，又想回头来找我呢？"

"你还会崇拜他、尊敬他吗？"

"即使可能勉强原谅，但不再会崇拜了！他已经深深刺伤了我的心！"

"答案已经摆在面前了！"Leon引用了Joy的口头语以及爱情名言："当女人不再崇拜她的男人；男人不再疼爱他的女人——一切都玩完了，没有必要说再见了！"

萝拉在电话那头沉默不语了半分钟，然后舒了一口气说：“Leon！有一阵子，同学们认为你的思维早已像断了线的风筝，飘到了遥远的云端！眼见你每天在研究‘猴子’，寻觅理想，担心你成了疯子。你生活贫困，又没有工作，却从不向有钱的珍妮爸爸低头，以为你成了傻子。但后来，你一步接着一步地显示出自己的骨气与决心！也证明了，你今天的成功绝对不是偶然的！我想说声谢谢，你的每一句话都说到我的心坎里，现在如释重负！没错，失恋算个什么！下星期便会销假回去上班。也祝福你，找到一位知心的朋友！还跟珍妮在一起对吧？”

挂断电话，Leon百感交集，事实上，萝拉该称赞的是Joy，自己哪够资格去当别人的爱情顾问？

事业方面虽是多彩多姿，但感情世界却是平淡无奇，只有与珍妮断断续续地见面。这两三年来，两人为了事业，更是经常各奔东西。

Leon知道，珍妮找对象，一定要经过她爸爸那一关，但是那天珍妮爸爸才匆匆见过他一面，就留下糟透了的印象。

拥有一颗“包容”的心，才有机会获得“认同”

珍妮爸爸对他自己的成功模式引以为豪，像是一本标准的教科书，绝对不容许别人随意改动。

因此对一直“不听话”的“追梦人”Leon极为反感，即使Leon现在颇有成就，但珍妮爸爸仍然认为Leon靠的只是一连串的运气以及一些歪打正着的“旁门左道”，不以为然之外，还嗤之以鼻。

长辈对自己有这么深的成见，Leon有口难辩，也万般无奈。

自从第一份工作饱受挫折，Leon就时时警告自己，工作是一辈子的事，不能有丝毫懈怠，因此，只要听到任何不适合自己的建议，他一概敬谢不敏。

对此，他忍不住向Joy诉苦。

Joy说：**“每个人都是不同的猴子变的，基因、天赋原本不同，加上无法订制相同的际遇，不可能全盘复制别人成功的模式。**你瞧，我苦练钢琴多年，但早有自知之明，再努力也不可能成为下一个贝多芬，谁都别想说服我。**世界上没有第二个人更了解你自己，没有其他人能为你的前途负责。”**

但Joy又在电话中提出警告：“你虽然遭受误解，但也必须理解‘如何出人头地’的理念见仁见智，你大可从中择优参考。但对不认同的，千万不要随便批评。更要记得，不要去跟珍妮发牢骚，你会同时伤到两个人的心。”

最后，她还附上一句勉励：“拥有一颗能‘包容’别人的心，反而可能得到对方的‘认同’。这也是许多人从未想过的成功要素之一。”

Leon觉得Joy的想法理性又中肯，更佩服她的涵养，因为她从不批评别人。

有一次，Leon去找珍妮，还没走到门口，就听到她父亲在屋里大吼：“喜欢外层空间来的人……讲出一个原因……真是气死我了……”

Leon听到后转身离开时，隐约听到珍妮说：“他虽然……天马行空……但他很少批评别人……”

不能只有“志趣相投”的朋友，否则只能看到“一半”的世界

Leon和约翰在许多看法上南辕北辙，甚至针锋相对，常让Leon气到胃痛。按理说，坐上金融界高位的Leon正可趁机反讽约翰一番，但他的耳边总会响起Joy常挂在嘴边

的——“你不能只有‘志趣相投’的朋友，否则只能看到‘一半’的世界”。

一语点醒梦中人，也显示出Joy的大度。

所以，Leon不再与约翰争得面红耳赤，而是学会站在他的立场思考，发现自己的想法常不周全，多听听别人的意思，意想不到地开阔了自己的视野。

Leon也后悔曾经与珍妮为了工作理念不合而争执不休。如果早听Joy这么说，就不会伤到别人的心了。

珍妮有着一颗上进的心，一直想靠自己的努力在会计界出人头地。Leon目前事业顺利，非常希望能帮她早日圆梦。

珍妮这么乖，也会陷入职场困境

Leon想邀请珍妮吃饭，却听到她在电话中说：“公司生意兴隆，我每天都在加班，恐怕腾不出时间。”

Leon实在放心不下：“你最近工作真的顺利吗?”

“嗯……”电话那头的珍妮幽幽地说：“唉！这份工作逐渐让我心灰意冷。我原本想，只要比别人更加努力，必定可以得到回报。没料到，老板竟把更多的工作丢给了我。‘加量不加价’，薪水与工作量完全不成正比。”

“我很想知道你是否跟对了老板。这么久了，萝拉半年前都升上了经理，你怎么还像个陀螺呢？”

“你在胡说些什么？我怎么就像个陀螺了。”

“我是说原地打转。你父亲是怎么说的？你一向听他的话。”

珍妮困惑地说：“爸爸严格要求我沿用他当年的工作态度——绝不抱怨，更加努力，迟早会打动老板的心，获得赏识。于是，我任劳任怨，兢兢业业地做事。但是，快4年了，换来的不是主管的‘赏识’而是‘漠视’，不但没有打动他的心，反而我的耐心快被磨光了，唉！撑不下去了。我问过爸爸，他也开始支支吾吾了。”

Leon忍不住地说：“人与人之间的缘分说不清楚。你是否努力不是关键，遇到不对的老板，得不到珍惜，也永远打动不了他的心。”

珍妮非常诧异：“父亲从来不认为会有这样的状况。他若听到你的说法，一定会怒骂。但看来我与老板真的不投缘，怎么办呢？”

“还有呢？”

几年来，Leon与各家公司的高层、老板接触频繁，对珍妮面临的困境其实再清楚不过，只希望她能将心中所有的不解与不满一吐为快。

“更不公平的是，同样是大学毕业，我们的薪水硬是比工程师少了一大截。”珍妮忿忿不平地说。

在工作中，搞清楚你是哪一颗螺丝钉

Leon稍稍停顿一下说：“我还在你们公司上班的时候，在同一栋办公大楼，问过一位比我们高两届，计算机系毕业的学长，他的薪水是多少。当时听到，我差点儿晕倒，真不敢相信自己的耳朵，居然是我的十倍。想不通，他比我聪明十倍吗？但又听他说，许多公司的产品都是由他们研发部门设计出来的。”

“那又怎样？反正就是不公平！”珍妮气呼呼地说：“我爸常说，每一个人在职场中，很像是一台机器上的一颗螺丝钉，各自扮演不同的角色，每个人都少不了，别小看自己，不是吗？”

“唉！答案不正是在你眼前吗？小看我们的不是自己，是别人！”Leon也学会了Joy的口头语。他接着说：“这几年下来，我观察到，螺丝钉有大小、轻重之分，有时掉了一颗小螺丝钉，不会造成停机。但我们最好能成为一颗——少了它，机器便不能运转的大螺丝钉。”

“又是你发明的理论？我说不过你。”

Leon平静地问：“你来到这家公司四年了吧？公司生产的计算机周边产品很多，你知道去年获利最多的是哪几款？它们的主要功能是什么？”

“不知道。”

“你真的离核心部门很远。”

“我不懂你的意思。”

“你们公司目前正在与一家位居电子产业上游的半导体公司洽谈技术合作，未来将携手生产更高端的科技产品，你知道吗？”

“不知道。”

“唉！你离公司决策层有十万八千里远。”

“Leon，你究竟想说什么？”

Leon叹了一口气：“你在公司根本只是一颗无足轻重的小螺丝钉，凭什么要求加薪呢？”

“嗯，可是……”

“我当时听到那位学长有那么高的薪水，也不太懂。现在我懂了，我们已经进入一个高度用脑，而不是只靠体力干活的时代。螺丝钉也要赶上潮流，增加重要性。你知道我今天的收入吗？告诉你，我的收入是那位工程师的十倍了。”

珍妮哑口无言。

“现在，你只剩下最后一个选择。”

“Leon，请说吧。我不会再去问爸爸了。他最近一再要我回香港公司去当他的特别助理。但是我不愿意，我想留在美国靠自己打拼，我要证明自己。”

角色对立的工作，常令珍妮欲哭无泪

Joy知道Leon喜欢珍妮，虽然只见过她的背影，也就是一次，但一直关心珍妮的前途。她听说珍妮在出纳部门工作，每天要审核堆积如山的费用申请表，是计算机工程师们出差的机票和食宿费用，审核如实，才能报销。如果珍妮审查过严，遇上脾气不好的工程师，钱领少了，常会对她一顿臭骂：“你只不过是个小会计，啰里啰唆个什么？搞清楚，是我们在为公司辛苦赚钱喔！”

舞台上，能当主角就不要当配角

于是，Joy早在一年前就提出了一个真诚的建议，要

Leon对珍妮说："想在业界成为顶尖人物，就要找到能成为公司主体的工作。举例说，学会计的人到会计师事务所工作会是选项之一，那才是主体。如果电子工程师到了会计师事务所，工作能力再强，也绝对只能配合演出。职场也是一个舞台，台上有主角，也有配角，有机会当主角，就不要当配角。现在证明，当初'放生'我的公司主管真的是我的贵人。"

听了Leon的话，珍妮在电话中哭了。

"用功读书" VS "读对了书"

"恭喜你，Leon。"

约翰在新闻节目中看到了Leon在华尔街掀起旋风的报道，晚餐后打电话来贺喜。他羡慕地说："几年下来，你才是我们所有同学中最成功的。"

"万万不敢当。这一切只不过是我'脸皮厚一点'，加上'运气好一点'。"Leon说："约翰，以你的能力，不会永远怀才不遇的。"

三年前，珍妮爸爸来美国的第二天果然是与约翰见了面。

珍妮爸爸喜欢听话的孩子，也非常重视他们在学校的成绩。为了表示奖励，他请约翰去吃了昂贵的法国大餐。当时，Leon还蹲在破烂公寓里喝绿豆汤，只为了填饱肚子。

“唉！我的信心快崩溃了。”平常总是神气活现的约翰现在却是消沉萎靡的：“珍妮爸爸说，学校‘功课顶呱呱’，将来‘工作笑哈哈’。没想到现在是‘老板不疼，同事不爱’。我开始怀疑在大学拼命争取高分，是祸不是福呢。”

Leon认为Joy的一番见解可以为约翰指点迷津：“在现实生活中，学校学的那些艰涩的功课，比如三角、几何、代数，百分之九十九在生活当中是用不到的，学习它们只是为了启发你的思考力。”

“思考些什么？该不会要我去思考自己是哪一种猴子变的吧？呵呵呵……”约翰的冷笑话还是带着幽默。

“什么？哪一种猴子？谁叫你不早点听我的？”Leon笑着说：“学校的分数不会跟着你一辈子，老板不会因为你考过一百分就给你加薪的。”

“但好成绩代表我胜过别人，不是吗？”

“对，但那只是在学校，不是在现在的公司。”Leon发现约翰有一个盲点，他一直活在过去，陷在争取高分的泥沼中。

“忘掉过去吧。重新开始，多读些书，让大家重新认识你。”

约翰说：“又是读书？刚刚不是说了，学校的教科书，我早背得滚瓜烂熟？但是，书对我的工作根本没有帮助。”

“现在不是读教科书了。要读些能增加常识，娱人又娱己的书才终身受用。”

Leon想起Joy曾提到一个学长的遭遇，说：“有一位在校成绩也是第一名的学长去参加公司的高级主管面试的时候，恰好是感恩节的前两天。面试官问他，知不知道为何感恩节要吃火鸡。他不知道。面试官耐着性子再问他，知不知道感恩节除了感谢上天恩赐丰收，还要感谢谁。那位每天用功读书，所有时间花在教科书中的学长只是一脸茫然地愣在那儿。”

约翰问：“我猜有很多外籍学生不知道答案。结果呢？”

“可惜，他当然没有被录用。”Leon叹了一口气：“他居然不知道，感恩节还有感谢当年印第安人教导新移民种植玉米、南瓜，饲养火鸡的意义。其实，约翰，过这个节日也是在提醒大家，对热心帮助我们的人要永远怀着一颗感恩的心。”

约翰在电话的那一头沉默了。

天上掉下来两张机票

Leon说：“你不是常抱怨怀才不遇吗？想得到老板赏识，不能全靠‘分内’工作，有时候是靠意想不到的‘分外’得到的呢。”

约翰很好奇：“分外？还有工作之外的事？”

“这是我自己的亲身经历。”Leon说：“我们公司的总裁喜欢我读过的书，因为随时可以带给他新奇。记得有一次，他急着从埃及打长途电话回美国，问我世界七大奇迹是哪些。他在当地旅游，导游问一些问题，但却无人回答，同行的一群朋友以为他身居要职一定知道。他可不能失了面子。”

Leon继续说：“我当然知道答案，向他详细地介绍了七大奇迹中的埃及金字塔。我还不忘提示他，导游可能也会问到其他埃及的代表。比如，‘世界三大河流’是哪几条？排名第一的就是埃及的尼罗河，之后是亚马孙河和长江。‘世界三大博物馆’呢？伦敦的大英博物馆、纽约的大都会艺术博物馆，当然还有位于开罗的埃及博物馆。结果，他‘龙心’大悦，回来便给我加了薪，还附上了两张飞往埃及的头等舱机票。”

将别人的知识与经验，全部转为己有

在电话中，Leon将Joy 常说的成功秘诀与约翰分享："想脱颖而出，得以最短的时间看最多的书，将别人的知识与经验全部转为已有，很简单。"

听起来约翰是心悦诚服了："珍妮爸爸一再告诫，只有用功读书才能胜人一筹，只要努力工作就能一飞冲天。今天我终于明白了，一味地用功、努力是不够的，还要懂得用心。用心去思考，会意外获得成功的快捷方式。"

"珍妮爸爸是很杰出。"Leon感慨地说："可惜，你不是他，也和他活在不同的年代。珍妮爸爸年轻时走过的羊肠小道如今早已变成柏油路面的康庄大道，你不可能照着他的指点重走一趟。"

"我们必须在崭新的环境中，尽快找出与别人一争长短的方法。下次，找个机会走进上司的办公室，说个会让他眼睛发亮的故事，你们之间的冰冻关系就有转机了。"

总是排斥，从未赞同过Leon的约翰竟然连续说了三声"谢谢"，两人才互道晚安。

“排斥”还是“欣赏”别人的长处，只在一念之间

Joy说过：“排斥”别人容易，是人类的自然反应。“欣赏”别人难，需要虚心学习。两者只在我们的一念之间。学会欣赏别人的长处，尊重别人的看法，将是迈向成功的第一步。

“女性投资人”具备在股市中胜出的天赋

有一天，Joy难得主动约Leon出来喝杯咖啡。

她边搅咖啡边说：“Leon，自从你进入华尔街，我也开始接触一些关于投资的书籍，想获得知识。但我总觉得，股市是个男人们一拼死活的竞技场，对我们女生而言，似乎胜算较小，不太适合投入。你原本就有非凡的观察力，现在置身其中，我的看法正确吗？”

Leon不停地搅着咖啡，显然是在思考，点点头说：“我每天在股市中接触形形色色的投资人，是有一个发现，只想悄悄告诉你。”

“真的吗？快告诉我，我一定会保密的。”

Leon稍稍倾身向前，低声说：“与女性竞争，男人在股

市中更容易吃败仗。”

“什么?”Joy的眼睛睁得又圆又大。

“我已经确认，想要在股市中获胜，必须克服一些人性的弱点。你看，固执己见，好面子，不肯虚心求教，不服输，冲动，急躁，好赌，大都是男性‘专属’的弱点，但每一项都是在股市中赚钱的致命伤。”

Joy急着问:“难道你认为女生更适合投资股票?”

“我仔细观察了好一阵子，嗯……确实如此。”

“我从来没有在书中看过这个观点，如果是真的，你可以获得诺贝尔奖了。”Joy笑眯眯地回应。

Leon仔细盯着Joy，半分钟后才认真地说:“投资常常凭的是一种直觉，而女性对股价‘贵或便宜’的直觉，也就是‘第六感’，远比男性敏锐，也更正确。”

“尤其，我注意到，买进或卖出股票后的瞬间，女性投资人常会立即蹦出一种‘可能做错了’的感觉，这就是所谓的‘第一直觉’。而这个瞬间的直觉十之八九是对的。”

“太奇妙了。男生不会有类似的直觉吗?”Joy聚精会神地问。

“很奇怪，男生在这方面比较迟钝，很少有直觉。”Leon接着说:“女性投资人除了具备老天爷赐予的天赋，还像你一样，比较愿意学习，再加上拥有男性缺乏的耐心和沉稳。可惜知道的人太少，要不然，女性早就‘称霸’股市了。”

Joy充满疑问：“可是，女性投资人在股市中照样常是赔钱的。”

“那是因为她们缺乏自信，居然跑去询问男友或先生的意见，结果……你知道的。”Leon摇头苦笑。

Joy难以置信地说：“你完全颠覆了我对股票投资的传统思维，你应该和更多的女性投资人说的。”

“正向思考”VS“逆向思考”

已经看过“十万”本书，依然好学不倦的Joy其实有更多令人惊叹的思维。她对一般人都能朗朗上口的励志名言，常会有更深一层的思考。

她问Leon：“你听过‘从哪里跌倒就从哪里站起来’吗?”

“当然听过。说得好。”Leon不假思索地回答。

但Joy表示，她至今还没见过，全世界有谁跌倒之后，不是从原地爬起来的。这句名言对我们有什么启发？她觉得它少说了一个重要的过程，应该强调“跌倒之后要先检讨一下原因，以免重蹈覆辙，再站起来”。

Joy还自创了一项人生法则：“不能只懂‘正向’思考，还要学会‘逆向’思考，才能与众不同，出奇制胜。一味遵循人尽皆知的成功法则，如何脱颖而出？若能同时拥有与众不同的思维，可就完美了。”

她忍不住笑着说：“以前我们不是很认同一句幽默却道出了人性的话——只有‘不正常’的人才能在股市中获胜？我一直在思考，你若无法抛弃过去“正常”人的想法，只能永远帮少数具备逆向思维的人积累更多财富。”

Leon竖起大拇指：“很对！谈到我的本行了。在股市中想要出人头地，你必须赢在‘与众不同’！我亲自做过多次实验，想买进股票的时候，先去询问身边的五个朋友。如果他们全赞成，你就必须注意了，也许卖出才是正确的选择。”

Joy问：“真是有趣。能再举个工作中的实例吗？”

Leon略微思考了一下说：“我们公司有一位客户——比尔叔叔！他是股市中的常胜将军。他的投资理念非常简单，但确实是与众不同。他常跟我说：‘Leon，当你生意不好，没有人愿意买股票的时候，别忘了通知我，我那时才会捧你的场！但是，也请答应我，当你们投资顾问忙得不得了的时候，更是要立即打电话给我，我会开始卖出。’”Leon对着满脸惊讶的Joy继续说：“大多数的客户刚好相反，他们在证券公司交易清淡的时候，总是非常害怕接到我的电话，就怕是来拉他们做业绩。他们都是同样说：‘将来股市好的时候再联络吧！’结果证明，能赚到钱的人真的是少数！”Joy喜不自禁地说：“这是我听过最佳的‘逆向思考’实例，太棒了！”

“怒海求生”的奇迹

Leon喝了一口咖啡，说：“平常，许多人一定分不清何时应该正向，何时应该逆向思考。”

“Leon，我记得你说过一个‘怒海求生’的故事。你就是因为做出了与大多数人背道而驰的抉择，才转危为安，你忘了吗？”Joy提醒他。

Leon想起来了。

十三岁那年，他第一次到海边游泳，抱着一个很大的轮胎“泳圈”，非常放心地在水面飘着，太舒服了，不知不觉睡着了。等到醒来时，他发现自己随着退潮飘到了外海，天色也渐渐暗了。他急着想游回岸边，但套在身上的泳圈实在太重，根本游不动，越漂越远。

当时，只有两种选择，要不抱着泳圈听天由命，等待奇迹出现，要不丢掉泳圈，靠着自己的力量游回去。

他立即做出了一个决定：放弃泳圈，宁愿相信自己的泳技，也不愿意将命运寄托在一个泳圈上。

当他丢掉沉重的泳圈，立刻哭了，看着它被退潮的大浪带走，只剩自己了。那一瞬间，他慌到六神无主，虚脱无力。

就在海中漂浮的时候，Leon的脑海中忽然闪过一个念头——平常总是抱怨泳池人挤人的，一点不好玩，现在大海属于他一个人了，不正可以尽情享受游泳的乐趣吗？

想法一转，他突然充满活力，心情也轻松起来，还有了“再多玩一会儿，别急着太快游回去”的念头。

Leon“逍遥”地游着，两个小时后，天黑了，终于回到了岸边。泳圈呢？早消失在黑漆漆的茫茫大海中了。

Joy不断地点着头：“真是一个精彩的故事。我佩服你从小就有当机立断、勇于挑战的个性，也羡慕你能及时产生异于常人的思维，化解了危机。”

她进一步分析：“你充满自信地决定靠自己的力量游回去，是‘正向思考’。丢掉泳圈则是上天赋予你的勇气。而快要没顶的瞬间，你抛弃恐惧，改用截然不同的另类思维去面对，就是‘逆向思考’。Leon，你做出了大多数人不敢想的壮举。”

听了Joy的赞美，Leon举起咖啡杯，高兴地说：“干杯！”

15 一个拥有“四颗心”的“好老师”

最近，每次站在公司的演讲台上发言，Leon总是博得热烈的掌声。他渐渐感觉，“当个老师”的成就感似乎胜过高业绩带来的高收入。

将时间倒回到一年前……

Joy严肃地对他说：“Leon，你乐观、开朗、阳光，讨人喜爱。如果你愿意进一步散播所学，就与我的人生目标一致了。你知道吗？我们非常适合从事教育工作。你难道没有注意，你的连珠妙语常让听众开怀大笑？你将来有机会成为一位对社会有贡献的教育家呢。”

Leon回答：“教育家？我还差得远呢。我只希望能像你一样，成为一个为人解惑的老师，就心满意足了。”

Joy点点头，肯定地说：“你学会了谦虚，但是……”

Leon插嘴问：“我想先听你说，好老师需要什么条件。”

Joy充满喜悦地回答：“只需要‘四颗心’，哈哈……热心、耐心、爱心，加上一颗积极乐观的心。”

“缺一不可？”

“少了其中任何一项，就不会成为杰出的老师了。”

Joy又问：“你长期在业务工作中，从未发觉自己具备做老师的人格特质吗？”

原来，这才是人生的“第一桶金”

Leon认真回想，自己具备当个好老师的人格特质吗？

刚担任投资顾问时，发生了一件一直藏在他心中的事。

当他的业绩取得第一名时，他自信满满地认为只要帮助客户赚钱，就能赢得他们的心。

不过，资深的同事们不以为然：“Leon，你还没有遇上熊市。只要行情转坏，投资人就一下子跑光了。我们这个行业，没有人会永远爱你的。”

直到一件事情的发生，证明Leon和他的同事们都错了。

在众多客户中，有这么一位老太太，是从离职的同事手上转过来的。Leon会对她印象深刻，是因为老太太很不好惹。经过一段时间的接触，他领教了她的脾气，只要手中的股票下跌，哪怕只是一两块钱，她都会毫不留情地对Leon大呼小叫。Leon发现自己接到了一个烫手山芋。

恰巧那一年，遇上经济疲软，股价一落千丈。老太太长期持有的股票、基金、债券不断下跌。Leon每次好不容易鼓起勇气打电话报告情况，换来的尽是冷嘲热讽，但Leon还是乖乖地听完抱怨，想尽办法安慰她。有时老太太甚至会挂Leon的电话，让他难堪。不过基于职责，Leon仍然尽责地定期打电话给她。

不知道为什么，老太太后来居然再也不接电话。那真是Leon最气馁的一年。唉！在熊市中想帮人家赚钱，真是难上加难。“股市神童”也无法扭转可怕的行情。没想到，更麻烦的事情发生了。

那天，他突然接到一位自称是老太太女儿的人的来电。她不耐烦地说，母亲生了重病，情况不佳，却一直念叨，一定要Leon过来一趟，有事情要和他当面说清楚。

Leon直觉不妙，心中七上八下，想问是什么事。她女儿只是悻悻然地在电话中说：“我也不知道你们之间有什么过节，只知道母亲坚持要你来。”

万般无奈，Leon当天下午硬着头皮去了老太太的家。

他一踏入大门，就见到脸色相当难看的女儿，领他来到了老太太床前。

只见老太太吃力地睁开眼，盯着Leon，让他感到自己像做错了事的小孩，在等着接受处罚。

没想到，她接下来断断续续地说："Leon……我要请求……你的……原谅……"

"不会是听错了吧？"他心想。

老太太接着说："我还要……谢谢你……这一年来带给我的快乐。"

"什么？带给她快乐？"Leon更惊讶了。

老太太慢慢地说："我被糖尿病折磨了20年，心情不好，脾气就差，听到任何不顺心的事情就……大发雷霆。我手中的股票其实是死去的丈夫留下的。我当然知道股票每天涨涨跌跌，怎能把压力加在你身上？我只是……忍不住地发牢骚……请原谅我经常摔电话……好吗？"

天啊！Leon原以为老太太要像以前一样发脾气了，怎么变成向他道歉呢？

老太太坐起来一点说："Leon，你真是一个开心果。每当股价涨了，你急着打电话来恭喜。遇上大跌，你居然也是喜滋滋的，说坏的状况即将过去，福星高照了。你在电话里说笑话、唱歌，真逗。”

“老实说……除了你，我还有几位投资顾问，但每次行情不佳，他们总是不敢接我电话，还撒谎……不在办公室。但你和他们完全不一样，永远是这么的……阳光。这一年来股价虽然跌个不停，但听完你充满信心的分析，我竟然开心起来了。你知道吗？因为我……脾气暴躁，完全没有朋友，你是……唯一耐心听我发牢骚的人……而且……你有一种老天爷送的礼物……我觉得你会是个‘好老师’……因为……你能带给别人乐观、积极的力量……将它……发扬光大，好吗？”

Leon才弄明白，老太太叫他来是想要表达谢意。

那天下午，她的女儿和Leon聊了许久，态度有了一百八十度的转变。她还邀请Leon有空多来陪陪母亲，Leon后来也去探望了老太太几次。

两个月后，Leon再次接到电话。老太太的女儿说，母亲已经进入弥留状态，期盼Leon去见她最后一面。

Leon踏入病房，感受到一股悲伤的气氛。老太太的女儿趴在床前低声啜泣，告诉母亲：“Leon到了。”

老太太吃力地睁开眼睛，用手势示意Leon过来，抓着他的手，虚弱地对他说，非常高兴能再见面，感谢他带给她一段快乐的时光。她再一次说Leon是个很棒、很会鼓励人的老师，一定要继续下去。

说着说着，老太太累了，闭上眼睛，不再说话，紧紧握着他的手。过了几分钟，她女儿突然放声大哭，搭着Leon的肩膀说："母亲已经走了。"

从她女儿的眼中，Leon看到的是感激。

从医院回办公室的途中，Leon开着车，泪水一直在眼眶中打转。

他恍然大悟，不是只有让客户赚钱才能带给他们快乐。做任何业务，重要的是要充满爱心地与客户温馨互动，才会让他们由衷地信任你、喜欢你，这份工作才有意义……

这是三年前的事情，Leon到今天才恍然大悟，那是他人生中获得的"第一桶金"。老太太的称赞与鼓励让他发现自己可以当个受人爱戴的好老师。

16 珍妮提出辞职，老板连一秒钟都没有挽留

周末，约翰与珍妮一同邀请Leon吃饭，很不寻常。

饭局中，约翰心怀感恩地对Leon说："我初入社会时，带着满腔抱负与理想，心高气傲，得罪了人而不自知，以至于一事无成。但你建议我多看些有趣的书来广结善缘，建立良好的人际关系，我照着做了。现在，我与同事们亲近多了，和上司的关系也很融洽。正如你说的，人和才能百事成。还有，上星期，我终于接到老板交代的第一件大case了。谢谢'老师'。"约翰举起酒杯向Leon致敬。

Leon知道，这其实是来自Joy的智慧。

珍妮则心有戚戚地说："我这一生，一直是活在爸爸的期待中，我的理想与抱负都是他定的，从来不敢'做回自己'。你们有所不知，我考大学，选读商科是他的决定。当

他听说我想读的是护校，志愿是当个护士，吓了一大跳，直说不可以，那会有什么搞头？还好，护士与会计都是需要耐心与细心的工作，是我的长处，否则……唉！这一路走来真的好累。”

说着，从来不喝酒的珍妮猛然伸手，一把抢过桌上仅剩的一罐啤酒，仰头一饮而尽。

Leon与约翰目瞪口呆地望着她，他俩从没看过珍妮近乎失态的行为。

接着，她红着眼眶看着Leon说：“直到你的一通电话，改变了我的前途。”之后她居然趴在桌上哭了起来。

“珍妮，你喝醉了……”Leon赶紧帮她倒了一杯水。

珍妮却一手推开了杯子，泪眼婆娑地说：“我没有醉，我……我这辈子从来没有这么清醒过。”

她哽咽地说：“Leon，我要对你说声抱歉，爸爸和我错认了你。今非昔比，职场现在人浮于事，如果没有两把刷子，光凭埋头苦干，顶多只能保住饭碗。当初你失业时，宁愿挨饿也不将就的执着真是了不起。我们一定要找到一个适合自己又能一展长才的工作，不能只为了糊口。你追求的‘做对工作’比起我爸爸认同的‘努力工作’重要十倍。”

“是的，绕了一点路没有关系，方向对了就好。”Leon

拍了拍珍妮的肩膀。

珍妮心情平复了一些，接着却又气愤地说：“我提出辞职的时候，老板连一秒钟都没有挽留。难道我的一番努力在他眼中竟是一文不值？我的确只是一颗可以被取代的小螺丝钉。”

Leon说：“这个情况和我离职的时候不是一样吗？当年我痛下决心，说要找到一个会自动为我加薪的老板，听起来像个笑话，被大家视为口出狂言的疯子呢。”

珍妮终于露出了晚餐中的第一次笑容，吐了吐舌头，说：“我根本不敢和父亲提起换工作的事，全是自己悄悄决定的。结果，如你所料，我在会计师事务所成了主角，每天上班心情愉快。更奇妙的是，3个月不到，老板在试用期间提前为我加了薪。你未卜先知。约翰与我一致认为你是一位好老师。”

其实，珍妮真正要感谢的也是Joy。是她说的，开公司是为了赚钱，不是做慈善事业，老板也不是圣诞老人。只有你对公司有重要贡献，才能得到加薪。

忽然，约翰慌张地问：“Leon，无论如何，在工作上，我和珍妮虚耗了好几年的宝贵时间。再过两年，我们就要30岁了，现在刚清醒，是否晚了些？”

“一点不晚。别害怕，我比你们还大两岁，过了30呢。”

约翰的担心是有道理的。

Leon回想起几年前，在图书馆中看完100本名人传记后，开始有些想法，但眼见时光流逝，自己已经25岁，也很慌张。

那时Joy对他说：“放松心情吧。你目前的年龄还不是问题，太急，恐怕会踏错脚步。还有，名人传记不是旅游读物，更不是小说，阅读它们要更加用心。是的，要用‘心’去体会主角的生活背景与心路历程。看书时，怎样判断自己是否完全投入？你要有变成了男主角的感觉。这样吧！你来写一份读100本名人传记的心得报告，我想看看你到底吸收了什么，学到了什么。”

Leon花了一整天，写出了令Joy无比惊喜的内容。

17 20岁到50岁，生涯规划的三个“黄金阶段”

人生不过短短数十寒暑，青壮年是其中最精华、最宝贵的一段时光。追求幸福是每个人的愿望，要达成愿望就必须精心做好生涯规划，分阶段认真执行。

有些事，做错了可以重新来过，但生命中每个阶段的抉择只有一次。

青壮年的生涯规划，依照年龄可分为三个阶段，每个阶段为十年：

（1）20岁到30岁：“潜能开发”与“工作尝试期”

求学阶段，学生要了解，读书的时间很短，工作却是一辈子的事。大学教育的真正目的是帮助你尽快发掘自己的兴趣与专长，以便认清方向，积极地去寻找一份理想的工作。

当你步出校门，连个大方向都没有，即使你每门功课拿

100分，大学四年还是交了白卷。多阅读各行各业的名人传记，找到你的同类，有了学习的榜样，可以让你少走弯路。

进入社会之后，要尽快认清各种工作的性质，宁愿不断换工作，也要找到一份能让雇主和员工都很满意，又有发展前途的工作。千万记住，无论你蹉跎了多少光阴，换过多少工作，在30岁之前必须完成选择，正式就位。

（2）30岁到40岁："奠基期"与"冲刺期"

35岁前，在工作岗位上全力学习，奠定基础。35岁时，大多数成功人士早已锁定目标，正在全力冲刺事业了。若你每天还在游手好闲或是频繁换工作，将来成为"人下人"的概率很大。

一个人到了35岁，在工作中如果还看不出一点出人头地的端倪，还在怀才不遇，还在摸索、彷徨，保证前途无"亮"。

38岁到40岁的两年，体力、脑力会同时达到巅峰。一个有实力的人常已脱颖而出，成为高级主管了。

（3）40岁到50岁："发扬光大期"

这个阶段，冲刺即将结束，应放慢脚步，稳步迈向成功。企图心强的人可以顺势将拼搏精神提升到更高层次，主动寻求更大的挑战，将事业的版图尽量扩大。

50岁左右，健康状况良好的人常会尝试开发事业的“第二春”。能在这个时候享受人生发光发热的另一波高峰，生涯称得上是精彩了。

以上三个阶段环环相扣，走在其中，需随时告诫自己，扮演好每个阶段的角色。

约翰和珍妮全神贯注地听完了Leon当时所提出的“生涯规划”报告后，肃然起敬之外，终于松了一口气。他们的年龄还处于第一阶段呢。

噩梦成真？珍妮与约翰真的手牵手了

晚餐中，Leon从珍妮与约翰之间的互动，明显看出他俩发展成了固定的一对。

而晚餐结束，大家挥手说再见之后，Leon更亲眼见到约翰与珍妮手牵着手的背影在黑夜中逐渐消失。这个画面在过去不正是Leon担心的噩梦吗？如今竟活生生地出现在眼前。

Leon有些感伤，但没想到，他没有心痛，也没有丝毫醋意，反而从心底默默地为他们祝福。因为，约翰“迷途知返”，必有锦绣前程。珍妮爸爸挑女婿的眼光绝对不会错。

女人之美在于“气质”，男人之美在于“气度”

一个人独自步行回家，Leon边走边想，难道自己越来越成熟了吗？有了宽阔的胸襟？

难道又是受到Joy的影响？

早在Joy教他如何看书之前，就问过他：“你认为，女人之美在于什么？”

Leon不假思索地回答：“花容月貌。”

Joy说：“你真是太肤浅了。女人之美在于‘气质’。”

她接着问：“男人之美呢？”

Leon当时小心翼翼地回答：“功成名就？”

“天啊！你最好多来图书馆看看书，才能跳出传统的认知！”

Joy大声地说：“男人之美在于‘气度’。”

她补充说：“一个有‘气度’的男人一定有宽阔的心胸，而且彬彬有礼，这样才值得被称作gentleman。”

……

18 他眉飞色舞地畅谈，她只是静静地聆听

从不愿接受别人建议的约翰和从不敢违背父亲命令的珍妮如今对他“言听计从”，还称了他一声“老师”，Leon觉得难以置信。

那么谁又是带领Leon入门的老师呢？

Joy！没错，是她。

这些年来，她的确是Leon的启蒙老师。如果当初没有她的指引，Leon可能还是一个每天苦等下班的小会计呢。换个背景，当年若是没有莎莉文，海伦·凯勒也不可能成为伟大的教育家。

Leon该如何向最敬爱的老师表达谢意呢？

真是糟糕，认识七年了，他未曾正式邀请Joy吃过一顿丰盛的晚餐。

升任副总裁的那天，Leon决定请Joy吃顿法国大餐。但她却说最近胃口不好，只想吃点简单的。

当晚，在学校的咖啡厅中，Leon眉飞色舞地畅谈自己一路受到老板器重，不断高升，从未在同一个办公室停留超过三个月，从办公大厦的二楼搬到了现在的顶楼。

Joy一直安静地坐着，倾听他兴高采烈地说了一个晚上。

“‘小魔女’，该你说了。”Leon喝了一口可乐，润了润喉咙。

满招损，谦受益

Joy终于开口了：“以前你来找我，总是在遭遇挫折的时候，愁眉苦脸的。今天，完全不同了。见你意气风发，我真是为你感到高兴，但是……”

“怎么了，但是什么？”Leon不解地问。

Joy忧心地说：“年轻人成名太早，未必全是好事。从现在起，你要学会收敛锋芒，才能建立良好的人际关系。你要知道，公司中不少小心眼的人会开始针对你。你展露才华，他们背地诋毁；你步步高升，他们暗中打击。但你若有良好的人际关系，他们便无计可施。否则，即使你将来只是走错一步，他们会立即乘虚而入，像鲨鱼一样，在你受伤淌血之际，一拥而上，将你啃个精光。”

Leon感觉很奇怪，她讲的是悲剧英雄凯撒的故事？

他摇着头说：“Joy，你是在说什么呀？今天是值得庆贺的一天啊！”

“是的。但你以后一定会越来越忙，我们见面的时间会越来越少。这是我的真心话，请把它当成是对你的祝福。”Joy说话时双眼似乎泛着泪光。

Leon虽然大惑不解，仍点点头。

没想到整晚一直话不多的Joy不放心地继续说：“我父亲也是个喜欢看书的人。当然，他看的大多是中文书。他和我说过一句中国的古训，‘满招损，谦受益’。Leon，请答应我，要时时提醒自己。”

接着，她看看表，说时候不早了。

“好的。”Leon站起来，穿上西装外套，轻声地说：“我们可以在校园里散散步吗？”

Joy说：“我们并不合适……不要再见面了……”

他们漫步在回图书馆的路上。

深秋的夜晚总是带着凉意，月色朦胧，稀疏的星星意兴阑珊地眨着眼。

走着走着，Leon第一次将手搭上了Joy瘦弱的肩头。她没有拒绝，只是转头看着Leon，有些害羞地抿着嘴，浅浅一笑。Leon觉得Joy的微笑特别迷人。

在图书馆门口，Leon情不自禁地吻了Joy的脸颊。

Joy先是吓了一跳，接着身体开始微微颤抖，带着茫然无助的眼神局促不安地说："Leon，我……我从来没有交过男朋友……虽然我一直默默地喜欢着你，但是我们……并不合适……最近私事比较多，短时间内……不要再见面了……好吗?"

一定是刚刚鲁莽的行为吓到了她，Leon很后悔，涨红了脸。但真的是第一次，他有一种依依不舍的感觉。

"你也要保重身体。"Leon在向Joy挥手道别的时候，注意到她的脸颊上似乎挂着泪水。

她在苦吞胃药，而他满脑子都是各式各样的"猴子"

回想事业起飞之后，Leon一有时间只是与珍妮相约。

他们分分合合，常因想法不同而不欢而散。大概是珍妮心中一直有个父亲相中的约翰，而Leon心中也一直有个不喜欢他的珍妮爸爸。

常听人说，一个成功的男人背后一定有个全心全意支持着他的女人，但他在珍妮身上找不到这种感觉。两人似乎可以“同甘”，却无法“共苦”。

最近有些奇怪，Leon不止一次地梦见Joy，睡梦中浮现的画面总是一个弱不禁风的小女生，孤零零地坐在图书馆的角落，眼神呆滞地在沉思。Leon有一股莫名的冲动，很想飞奔去紧紧地拥抱她，重重地亲吻她。难道……

Leon请教同事为他解梦，得到的答案都是：“Leon，你心中一直是有她的！”

哦？但是，他与她从未有过男女朋友般的约会呀！

珍妮与Joy都是善良的小天使。

不同的是，珍妮是个富家女，长得漂亮，从小到大备受宠爱，难体恤别人的苦处。每当Leon在工作中遇上麻烦，她常常爱莫能助。相反，长相平平的Joy，家境贫寒，凡事只能靠着看书来帮助自己，成了一个知书达理、善解人意的女孩。

Leon注意到，自己每次一开口讲话，Joy在办公桌前都会手捧着双颊，静静地聆听，眼神中透露出真诚的关爱。当Leon遭遇打击，她表面沉着、镇定，却不禁眉头紧锁。

Leon看到她三番两次地跑到饮水机旁吃药，猜想是胃痛吧。但Leon每次只自顾自地思考，满脑子都是各式各样的猴子，并没有怜香惜玉。

……

19 好久不见，想她了

昨夜，Leon又梦见了Joy。梦中的她，一如往常地带着浅浅的笑容。

最近半年，Leon工作繁忙，常出差，两人中断了联系。Leon想她了。午休时间，他拿起电话。

铃声响了许久，Joy没有接听。Leon决定去一趟图书馆。

许久没来的图书馆，因为装修，快不认得了。Joy的座位已被搬离。她换了办公室？

Leon正想着，远远走来了一位Joy的老同事。

“Leon，好久不见。”琳达上前询问：“你最近常看书吗？”

“我是来找Joy的，我很想她。”

琳达的脸色瞬间变得怪怪的，欲言又止。

Leon担心了：“怎么了？她……好吗？”

“Joy她……她……走了。她几个月前……过世了。”琳达难过地说：“我们完全不知道，Joy罹患脑癌很久了。但她不想让大家担心，我也是事后才接到医院通知的。”

“怎么可能？她前一阵子还好好的，我不相信！”但看着一脸悲切表情的琳达——Leon绝望了，顿时感到天旋地转，跪倒在地。那一刹那，心如刀割，一阵从未有过的寒意袭来。

难道Joy永远从自己身边消失了？还是，这只是一场梦？

过去，Leon将身边的Joy视为理所当然，从未想过会有永不能再见的一天。直到此刻，他才懂得Joy早已长驻在他心底。而背后那个全心全意支持着他的女人正是Joy。

但是爱能回头吗？Joy已经静悄悄地离开了。自责、悔恨没有用，一切都太晚了。

“感谢你，曾经相信我”

打听到Joy的墓地离学校不远，Leon立即狂奔而去。

傍晚时气温骤降，飘起细雨，Leon心神恍惚、踉跄地走进墓园。

他跪坐在Joy的墓前，看着墓碑上她的照片，顿时眼前一片模糊，时光仿佛回到了两人第一次在图书馆相遇的那天，Joy开心地教他如何在书中徜徉巴黎。

一路走来，Joy参与了Leon求学、工作的重要阶段。她总是轻柔地笑着说故事给他听，还满怀爱心地指导他充实知识、寻找工作、出人头地。

永远失去了Joy的日子该怎么过?

热泪盈眶的他看到墓碑上刻着一行极为醒目的字：Thank you for believing in me。

Leon再也忍不住了，放声大哭着说道："Joy，我相信你！我一直是相信你的……我好后悔……没有早点跟你说——我爱你!"

"你无私奉献，想当个好老师，现在，让我来替你完成心愿，继续传播你对年轻人的爱，培养出更多更多的Joy!"

十万本书的魔力

Ending

尾声

20 年纪轻轻的小女孩，却有高人一等的智慧

一个月之后，Leon提交了辞呈。这个决定让公司震惊不已。

“你怎么可以放弃如日中天的前程？你有百万年薪耶。怎么可以离开我们？办公室再也听不到笑声了。”老板布鲁斯不舍地说：“Leon，这样好了，先暂时请假，不要立即辞职。”

这个时候，Leon又想起了Joy。他爱她，要替她完成梦想。

于是，他和提携过他的琼斯、爱德华、布鲁斯当场表明不会回去了：“当一个人失去了，才懂得珍惜。你们从来没有见过Joy，不知道我今天能够得到各位的赏识，完全是因为她！现在，我如果不能将她对我的期许传承下去，会是再

次失去。请你们原谅！”

他们三个人红着眼眶，其中一个人说：“Joy，年纪轻轻的一个小女孩，却有高人一等的智慧，值得尊敬。她是个永远的传奇。Leon，就照你的想法，勇往直前吧。”其他两个人点头。

Joy！我爱你！

走出了办公大楼，Leon抬头望着蔚蓝的天空，大声地喊：“Joy！我——爱——你！”